現代魔法師
06

本作主角，一名普通的大學生，
個性有點優柔寡斷，但內心充滿正義感。
與藤原綾搭檔組成【神劍除靈事務所】。
雖為神劍「軒轅劍」的繼承者，但魔力少得可憐，
然而其「結界破壞」的能力卻是超級外掛。

## 從阿宅進化(?)成功的陳佐維

## 如果是賓妹會更好(?)的**藤原瞳**

**藤原美惠子的養女，藤原綾的妹妹。個性溫柔可愛，謙恭有禮，**
**做事認真負責，視【藤原結社】為此生最大的驕傲與榮耀，**
**在神道魔法的造詣上更是神童級別。**
**對於「姐夫」陳佐維的存在，從好奇到仰慕，少女心蠢蠢欲動？**

本作的女主角，從小生長在魔法世家，是魔法界的小公主。
她個性霸道很有主見，很注重自己的形象與穿著，
對於魔法界的知識常識也很清楚了解。
因為想要自創結社而接受審核，
卻在考試時意外碰上了陳佐維，兩人的故事就此展開。

傲嬌正牌(?)女主角**藤原綾**

## 韓系美少女**韓太妍**

**韓國魔法結社【大宇宙】的新任副社長，**
**個性活潑、身材姣好，跟藤原綾是從小到大的宿敵，**
**兩人從魔法學習比到結社事業~~比到身材~~，**
**總有辦法一見面就鬥得不可開交。**
**為了不輸給藤原綾，最新目標鎖定是陳佐維？**

性感俏人妻(?)**公孫靜**

在【天地之間】裡專門負責看守神劍「軒轅劍」封印的「侍劍」，
是個沉默寡言、冰清玉潔的女孩。
對於自己身負的家族責任相當重視，
因此成為了陳佐維的守護者兼魔法導師兼祖宗遺訓所指定的未婚妻。

「道家．黃老道派」現今掌門人．
建成仙人李永然的關門大弟子，總愛穿著高中制服斬妖除魔。
從小跟陳佐維穿同一條褲子長大，兩人的個性和興趣相仿，
甚至說話的方式和吐槽的時機、語氣也很類似，
根本就是女性版陳佐維！

一旦開啟開關就停不下來**慕容雪**

## 藤原美惠子

日本人，非常寵溺女兒藤原綾。是個很有氣質的優雅女人，試圖振作積弱已久的東方魔法界。

## J（艾瑞克）

【組織】的最高統帥，人稱「不使用魔法的魔法師」的大會長。城府很深，政治手腕高明。一直暗戀藤原美惠子至今，但並沒有因為這份感情而左右了身為大會長該辦的任務。

## 貝兒．伊雷格

薩滿教派的教祖．大薩滿，年僅十五歲。為了調查「星球最深層的恐懼」而來到臺灣。是個環保狂熱分子，急公好義，做事情非常認真，同時伴隨永無止境的碎碎唸。

## 狐仙娘娘

千年以前就存在於世上，此時的外貌是個風姿綽約的美婦人，說話的口氣非常溫柔。似乎與幾千年前的陳佐維有關係？

## 儡

黑龍座下使者，奪取了韓太賢的身軀，實力深不可測。為了加速世界毀滅，他釋放出黑龍座下另外一隻大妖怪，代表「恐懼」的「虐」。

## 虐

黑龍座下使者，也是黑龍的獨生女。性格殘暴，不論人類或妖怪，一律殺無赦。

# 魔法師目錄

INDEX


故事開始之前　當風吹起的時候　009

NO.001　鬼和魔法師　035

NO.002　續・日出之國的魔法師　063

NO.003　妖精之都的魔法師　115

NO.004　繼承了軒轅劍的魔法師　145

NO.005　聚集在一起的魔法師　161

NO.006　它不是軒轅劍，因為它是……　185

NO.007　魔法師決鬥魔法師　197

故事结束之後　魔法師的Bad End　237

# NO.START

# 當風吹起的時候

**魔法界颳起了一陣強風。**

在日本那場雷聲大雨點小的大戰落幕之後，整個東方魔法界的勢力版圖全部被顛覆了。【藤原結社】那東亞最強、日本第一的招牌被【組織】親手摘掉；東方魔法界會長被捕，成為階下囚。整個東方魔法界陷入一片混亂之中。

失去了臺柱的【藤原結社】，由於短時間內還沒選出新任當家，加上整個結社元氣大傷，因此暫時交給【組織】指派的人選「藤原智惠子」管理。然而這只是暫時的，【藤原結社】終究還是要儘快立起一個真正的領導人，率領結社的重建。

失去了會長的東方魔法界，不可一日沒有領導者，所以現在暫時由副會長——儒教的掌門人「顏東生」代管；同樣，他只是暫時的領導者。因為東方魔法界的傳統結社太多，不管是中國的道教、儒教、佛教等等都有代表結社，韓國、日本、泰國、印度也都虎視眈眈，就連中東國家那些信阿拉的，更是覬覦著會長的大位。

這些事情都需要有人出來指揮、主持，而那個人自然不做他人想，就是我們親愛的【組織】大會長——「J」先生了。

只是，我們的J先生現在在幹嘛呢？

「艾瑞克，比起藤原那女人，身為大會長的你似乎有更多重要的事情該做。」西方魔法界會長．薩菲爾大主教耳提面命的在J身邊說：「藤原那女人的事情交給我來負責就好……一定很快就可以給你答案的。」

J抱著三本加起來超過三千頁的厚重古書，因為書本太重，加上他其實並不算強壯，所以顯得有點吃力，額頭都冒出細汗了。他抱著這三本書在走廊上與薩菲爾並肩走著，聽了薩菲爾的話後，搖搖頭苦笑說：「大主教的好意艾瑞克心領了……不過大主教應該很清楚，我是一個事必躬親的人。很多事情不自己來，總不那麼放心。」

「呵呵呵……瞧你那黑眼圈和乾巴巴的身材就知道啦！我們的大會長很忙碌的。」薩菲爾皮笑肉不笑的回應，「不過，有些事情並不需要弄髒艾瑞克你的手啊！對於審判異端魔女，我們教會本身的手段，相信你可以放心才是。」

J苦笑著搖搖頭，並沒有馬上做出回應。想像一下，把美惠子剝光了帶去騎木馬，或者很多導演沒有涉獵所以寫不出來也想像不到的變態畫面，J就是被打死也不可能把美惠子丟給薩菲爾負責。

「我知道你們的手段很有效，不過現在已經不是那個年代了。」J淡淡的回應：「時代不一樣，魔法師處理事情的方式也不一樣。所以，我有我的方法。」

「呵呵，艾瑞克一直都很有自己的手段。」薩菲爾笑著，說：「就連那號稱千年不破的『藤原結界』，也在你的率領之下不攻自破。想必你一定是安排了什麼手段才對。」

J笑了笑，沒有直接回應薩菲爾尖銳的問題。但同時他的思緒也飄回了過去，帶著他回到日本大戰之前的時候……

⊕⊕⊕　⊕⊕⊕

那個時候，J正在為了幾個辦事不力的資深幹部而發飆——逮不到神通廣大的藤原美惠子也罷了，他們竟然連剛出道的藤原綾等人也抓不回來！

訓完話，等所有幹部都離開了，J還是坐在原地休息。過了好一陣子，他才睜開眼睛，站起來離開了臨時會議所。

當然，當他走出會議所的時候，所有的魔法師同時向他請安問好，混雜超過三十種語言的「大會長好！」聽起來其實非常吵耳。這段時間他幾乎每天都會碰到這種情況，也難怪連走出會議所之後他都得休息片刻。

J一個人搭車前往約好的地點，那是位在京都市區內某條小巷子裡的咖啡廳。在兩旁水泥高樓中間出現的一間小洋房，看起來雖然突兀，卻頗有自成天地的那麼一點味道。推開前庭籬笆的小門，走進咖啡廳裡，就可以感到輕鬆自在。

這不只是單純的錯覺，這是由簡單風水學所創造出來的魔法結界，也是每個擁有獨特風格的名店必備的小訣竅。

**當然，這種小結界大概會在陳佐維踏進這間店之後就毀滅，然後名店逐漸沒落，也難怪陳佐維這衰人常會覺得很多以前好吃的店家變得不好吃，甚至是倒閉了。**

這個結界J還記得。

這是大約二十年前……不對，是更久之前，他還在日本求學的時候與兩個好朋友一起弄的。集合了道教和神道教一中一日兩大魔法合成創造的結界，一直到今天都牢不可破。約他在這裡碰面的人，或許別有用意，或許從誰那裡聽說過他和兩個好朋友年輕時常常在這裡偷閒，也或許偷偷調查過……但真相究竟如何，我們都不知道。但是這的確已經勾起J藏在心中很久很久以前的酸甜回憶。

而如今景物依舊，人事全非，更是讓J有種莫名的感嘆。

不過自己不是來這裡回憶的，是來談正事的。J很快就把所有的回憶都拋諸腦後，慢慢的走入店內。

雖然魔法師的世界已經戰他個亂七八糟，但現實世界並沒有發生什麼變化。因此，上班時間的咖啡廳裡並沒有什麼客人，讓J可以向服務生指名某個他曾經最愛的座位入座。

他點了一杯卡布奇諾，一份栗子蛋糕。其實他不愛吃蛋糕，但某個女孩很愛吃，來這裡會點一份招牌栗子蛋糕，已經成了過往的習慣。如今他再點一次，純粹只是在辦公之餘給自己的一點小小私心。

雖然約在此地見面的人沒有在這裡等候，但J也不覺得困擾，一來他可以多享受一點回憶的感覺，二來他清楚這個時候對方應該也沒這麼容易來到此地跟自己會面。然而，他才剛這麼想，對方就出現了。

由於店內幾乎沒有客人，加上J實在挺顯眼的，所以那人一進入店內，不需要服務生的帶位就已經看到J了。不過，身為有禮貌的日本人，她還是……對，那人是個「她」。總之，她還是笑著向前來帶位的服務生道謝，充分的把禮數做足。

「……大會長好！我是，呃……」

一聽到對方那蹩腳的英文，J就笑了出來，搖搖頭用日語說：「講日語就好，我日語還算流利。大家都這麼熟了，也就不用自我介紹了，坐吧！請。」

「謝謝大會長。」

漾出漂亮的笑臉，她先向大會長鞠躬後，才坐了下來。

她不是別人，對J來說，也算是舊識。這個人正是「藤原智惠子」，美惠子的姐姐。

「要吃點東西嗎？這裡的栗子蛋糕挺不錯的，美惠子很愛吃。」

「那就不客氣了……」

智惠子點了一杯熱鮮奶紅茶以及大會長推薦的栗子蛋糕後，就保持笑容，坐姿端正的看著J，卻沒有主動開口。兩個人就這麼面對面望著，久久不發一語。直到服務生將兩人的餐點送上，才有了用餐的聲音。

蛋糕入口，融化的不只是香氣，更是濃濃的回憶。J並不想破壞這一刻的美好，但是他沒時間沉澱在過去的時光中，現在的他已經不是當年那個小毛頭留學生，而是整個魔法師世界最頂點的王者，私人情感不應該凌駕於公事之上，這點也是他之所以可以一路往上爬的最大武器，因此，他主動打破了雙方之間的沉默。

「說出妳的條件吧。」

J把吃了一口的蛋糕和咖啡推到一邊，將雙手的十指交扣，手肘放在面前的桌面上，瞪著對面的智惠子，用穩定且充滿威嚴、和平常不太相同的聲調說：「我們的時間並不多，我想知道妳要的是什麼，以及可以提供給我們什麼。當然，基於【組織】對投誠者的尊重，我讓妳先說出自己想要什麼，說吧。」

感受到J似乎變了個人，原本還在細細品嘗蛋糕的智惠子，立刻正襟危坐。

「我要的很簡單，相信對於大會長來說只是舉手之勞而已。尤其是在這次的風波過後，我想應該更為輕鬆。」

智惠子露出神秘的笑容，緩緩道出她想要的條件——

「我要成為【藤原結社】的大當家。」

「……就這樣？」

J有點意外的反問，說：「假設這次的風波能順利解決，讓我方帶回美惠子，失去大當家的結社應該會馬上立新的當家。之前美惠子擔任【組織．東方魔法界】會長的時候，妳不就是暫代當家了嗎？」

「暫代，終究只是暫代。」智惠子搖搖頭，苦笑著說：「或許到時候美惠子被大會長您帶走後，太當家會立刻找新人坐上結社當家的位置。但那絕對不會是我。可能是太當家自己重新掌權，也可能是藤原綾那讓結社蒙羞的丫頭……我猜，就連那來路不明的藤原瞳，接位的可能性都比我大。」

「所以，我要的不多，只要大會長您一聲保證，事情結束之後能幫忙我登上結社當家的位置，我就雙手奉上美惠子。」

「這真是個簡單但不太合理的要求呢。」換J苦笑，但一雙虎目還是牢牢的盯著智惠子，說：「妳要知道，雖然大家都是登記在我們【組織】名下，但各結社的內部事務，我方也鮮少主動介入。就連上次【大宇宙】那方鬧出的風波，我方也沒有介入他們更換社長的運作了……智惠子，依你們【藤原結社】的規模，妳認為我出來說幾句話，能起到什麼作用？」

「呵，您以為我要怎麼把美惠子交給您？」

「嗯？」

智惠子笑著說：「我說完了我的要求，依照剛才大會長的說法，我就將我能提供的協助說給您聽吧！」

「願聞其詳。」

「……我可以解除這一千年來，沒有人能破解的結界。」

J的眉毛動了一下，「把結界解除的意思……妳應該很清楚會造成什麼樣的災害。」

「是的，所以我需要大會長的保證。」智惠子笑著說：「要建立一番新氣象之前，必須要先破壞。中國人的成語說這叫做『破而後立』。這點損傷我可以承擔，畢竟以【藤原結社】累積了千年以來的靈脈優勢，我們要重建的速度，相信不會超過幾個月。」

J點點頭，說：「嗯……那嚴格說起來，其實妳早就有辦法可以當上大當家，現在只是利用我，還有【組織】的力量來達成目的罷了？」

「大會長言重了。」智惠子搖搖頭，笑著說：「這只不過是各取所需罷了。」

J笑了笑，點點頭表示贊同：「我同意了妳的條件交換，但有幾個問題我想再問一下。這不是【組織】想知道的，是我自己本人想了解的，如果妳不願意回答，我也不會拒絕這次的合作。」

「大會長請問。」

「嗯……妳要怎麼破壞掉那個結界？」

「這個嘛……不管是近衛家或者是一条家，他們的家長都跟我有非常密切的關係。」

J點點頭，又問：「第二個問題。為什麼要執著大當家的位置到這種地步，不惜將結界破壞掉？我相信，就算妳不是大當家，妳能享受的權利應該也不會少才是。」

智惠子頓了頓，才笑著說：「我嫉妒呀～美惠子是我的親妹妹，但我無時無刻不在想，如果她沒有出生的話，那就好了。不管是天賦，還是天賦展現到神道上的造詣，甚至是她的外貌和……男人緣，我都嫉妒她。」

提到男人緣，智惠子還特別停了半秒，彷彿自己終於說出什麼隱藏很久的秘密一樣。不過，坐在她對面的J本身並沒有任何表示，縱使J也清楚智惠子講的「男人緣」是指誰。

「但是其中最讓我受不了的事情是，明明我才應該是【藤原結社】的繼承者，結果太當家那老糊塗竟然認為我不適合，認為我的能力比美惠子還差，所以硬是把大當家的位置傳給美惠子。這就好像一個你很喜歡的玩具，原本已經跟著你一段時間了，結果大人硬是把它搶走，塞給你的妹妹，還告訴你說妹妹比較適合那個玩具、你要禮讓……」

「結果美惠子帶給我們結社的是什麼？創造出【藤原結社】千年歷史以來第一個背棄

神道、改修陰陽道的藤原綾？自己成為【組織】通緝犯？【藤原結社】千年歷史出過的醜聞屈指可數，在她任內就創造兩個出來，這叫比我有能力？」

雖然說話的內容非常不滿，但其實智惠子的語氣非常的平鋪直述，彷彿在講別人的事情一樣。

「我只是將原本屬於我的玩具，從妹妹身上拿回來而已。這樣的說法，大會長您能接受嗎？」

J點點頭，笑著說：「嗯……的確，光就這番言論，我相信妳應該會比美惠子更適合擔任一個當家。最後……我還是想問問，如果事情結束，我介入你們結社的結果跟妳預期的不同，妳會後悔出賣美惠子嗎？」

智惠子一直保持的笑容在聽到J的言論後，有點微微的改變。

J馬上補充說：「我說過，介入結社內部事務並不是那麼容易的事情，尤其是像你們【藤原結社】這種古老且光榮的大結社。太當家應該不會那麼容易將我的建議聽進去才是。」

這種結論其來有自，老一輩的魔法師很難將年輕魔法師的建議聽進去，就算J貴為【組織】大會長，對他陽奉陰違的還是大有人在。

「呵……那我也還有王牌。」

「嗯？」

「大會長知道藤原瞳嗎？」

J點點頭，說：「見過幾次，知道是外面收養進來的，不過在我觀察過後，我知道她的確不負天才之名。只是，這就是妳的王牌？」

智惠子點點頭，笑著說：「我前面提過，就連藤原瞳繼位的可能性都比我大。大會長聽了可能不會覺得有奇怪的地方。但其實，就算藤原瞳已經改姓藤原十年，就算再多給她十年，她身上流的也絕非藤原家族的血液。那為什麼一個非我家族中人可能繼位呢？很簡單……只要讓她生出流著我們家族血液的後代，母憑子貴，自然繼位後就不會有人能說閒話。」

「嗯……可我還是不懂，妳王牌的點在哪？」

「藤原瞳表面上看起來是太當家的孫女……」智惠子笑著說：「但是就我看來，她比較像是太當家帶回來準備要『配種』用的童養媳呢～」

「……好，我知道了，這種家族醜聞，我想我還是不要知道太多的好。」

「我想也是，不過既然我即將成為大當家，那麼這個醜聞，我也不會介意。到時候再把她趕出去或者賣給更適合她發揮天賦的一些場所，就可以解決了。」

J笑了笑，站起身向智惠子伸出右手，說：「那都是妳以後可以自己決定的。總之，今天的會談就到此為止。我同意了妳的條件交換，也以【組織】之名向妳擔保，今天的會談不會有第三者知道，也不會有任何人知道是妳出賣了美惠子。最後，希望我們這次的合作能順利。」

智惠子也站了起來，握住J的手，笑著點點頭說：「一定可以順利的。」

⊕⊕⊕　　⊕⊕⊕

時間拉回來現在。

J還是什麼都沒說，只是笑了笑，對薩菲爾說：「我很感激大主教有這份心想替我分憂解勞，只是，我相信西方魔法界還有很多事情需要大主教處理的……我記得沒錯的話，在日本的時候有幾個西方的巫毒結社趁亂對無辜的平民出手，這可是大事啊！」

「畢竟都是異端。」

J點點頭。對自視甚高的十字教會來說，其他的宗教都是異端。不信的話去看看他們的神聖經典就知道了。

薩菲爾還是笑了笑，說：「那好吧！有需要我的時候就盡量說，不要把我當長輩，畢竟你的位置比我還高呢，呵呵呵……先回去處理異端啦！再見。」

「不送了。」

**其實J很不爽薩菲爾**。

當初天空那個「神聖十字衝擊」的大魔法陣，用膝蓋想也知道是薩菲爾派人去搞出來的。這世界上除了他有能耐可以率領教徒施展這種大魔法陣以外，根本沒有第二個人可以辦得到。

可是知道又怎麼樣？第一，事情已經造成了；第二，薩菲爾只要說他不在現場，不知道美惠子已經投降，就可以連抱歉都說得不痛不癢；第三，要是他真的當面指責薩菲爾，那他大會長的立場才真的難過了。

J來到走廊盡頭。這裡有一個房間，同時房間門上有著J指揮各個大型結社合力設下的封印。除了J手中的鑰匙，沒有人可以進出這個房間。

**當然，某個衰人不算，對他來說，設結界跟說請進好像沒有兩樣。**

他走了進去。這是一間美輪美奐的高級客房，裡面有完整的套房設施，有客廳、臥室、衛浴設備，視聽設備當然更是應有盡有，住在裡面得到的感受絕對不輸給外面的五星級大飯店。

但這並不是客房，這是【組織】用來囚禁犯人——藤原美惠子的牢房。

當然，這都是J安排的。

「美惠子，妳在嗎？」

走進客房沒有看到人影，J就用日語問了。

這其實是廢話，因為沒有J的鑰匙，除了某個衰人以外，就連螞蟻都沒辦法從門縫鑽出來。不過美惠子並沒有回答J這個問題。

J將古書放在桌子上，走到臥室門口，輕輕的推開門。看著臥室裡美惠子安穩的躺在床上睡覺的身影，他露出了微笑。

他走進去幫美惠子將棉被輕輕蓋上，又走了出來。把門關上後，他回到客廳，坐在沙發上開始翻閱那三本加起來超過三千頁的古書。

那場大戰至今已經過了四天，距離美惠子要被審判的日子只剩下兩天。後天，美惠子就會被帶到【組織】的大公審堂接受公審。根據以往的經驗，她就算沒有被判火刑燒死，也很難不被判其他稍微「人道」一點的死刑。畢竟美惠子可是個「意圖引發世界毀滅的狂人」啊！

這幾天，J成天埋首於古籍當中，試圖從過往的各種判例找到對美惠子有力的部分，想要翻案。過去一千年、兩千年甚至三千年，只要歷史記載到有那種「嫌疑犯自己很天真並不知情就誤觸戒律」的情況，他都會去找出來，然而卻每次都讓他失望。

**因為，假如很天真而不小心誤觸戒律的情況沒那麼嚴重，所謂的文字獄就不會讓人那麼聞風喪膽了。**

雖然在現代社會中，這種奇怪的刑罰已經幾乎沒有出現過，但魔法師的規律嚴格說起來，還是跟現代社會脫節得很厲害，要不然也不會有那種某個衰人不小心就成了公孫靜老公的狗屁事情發生了。

所以，即便看了過往的判罰，J仍然沒辦法找到什麼能幫美惠子翻案的例子。

**但他還是一直查找下去。**

不知道過了多久，他身後的臥室房門輕輕的打開了。美惠子披著薄外套，穿著素面的深紫色絲質睡衣，慢慢的走了出來。

「……這幾天你讓我想起很久以前的事情。」

聽到美惠子的聲音，J彷彿被人從另一個世界拉回似的，猛地回頭看著美惠子的方向。一看到她穿著單薄，他立刻起身將自己的西裝外套脫下，走過去披在她身上。

「天氣涼，怎不多穿一點？」

美惠子輕笑了一下，搖搖頭說：「不冷，這樣舒服點。」

兩人在客廳坐了下來。J的噓寒問暖始終沒少過，最後美惠子不知道是不堪其擾還是怎樣，總算是順了J的意思，讓他請人送熱牛奶過來，J才閉上嘴巴，繼續看他的書。

不過看著看著，J又開口說話了。

「妳剛才說想到以前的事情，是什麼？」

「不要說你忘了，你不可能會忘的。」

J笑了一下，回道：「當然，只是有太多回憶，不知道妳在說哪一樁。」

「你以前在日本唸書的時候，考試前都像現在一樣認真。」美惠子斜躺在沙發上，笑著說：「我也常常像現在一樣，在你旁邊看你唸書，看到睡著。」

「是啊！」J點頭同意，邊看書邊說：「不過，我現在比那時候更認真。考試什麼的，考不好就算了，這個可不能算了。」

「是嗎……」

「叩叩叩！」

不知道看時機的【組織】辦公人員在此時敲了房間的門，打斷了兩人的對話。J說了句「應該是牛奶送到了」後，就趕緊去開門。

果然是送牛奶來的！於是J端著兩杯熱牛奶，再度回到客廳，並將其中一杯熱牛奶親手遞給美惠子。

「喝一點比較不會冷。」

「早說了不會冷，我還沒老到那種程度。」

「我知道……三十八歲的確……呃……」

提到敏感的年紀問題，美惠子用冷冽的眼神掃過J，讓J不得不趕緊閉嘴以免因過度又錯誤的發言，導致生命提早流逝。

但他很快就笑了。

「其實妳還很年輕啊！剛才瞪我的樣子，跟二十年前完全一樣。」

「神經病。」

J搖搖頭，繼續翻著古書；而美惠子也沒有再搭話，沉默的喝著牛奶。把其中一本古書從頭看到尾，J又失望了一次後，他才注意到美惠子似乎很無聊，一直看著杯子，甚至還玩起杯子來。

「妳要是無聊的話，可以開電視來看，我這邊應該也有日本的衛星電視可以看。」

「我怕吵到你。」美惠子搖搖頭，嘆了口氣，轉個話題問說：「小綾她怎麼樣了？」

「很好，腰上的傷已經安然無恙了，我有派人好好的保護她，相信薩菲爾那死老頭絕對沒有機會對她出手。」J把古書闔上，在換書的同時把其他人的近況都說給美惠子聽。

「跟小綾在一起的那丫頭，也安排了同樣妥善的防護……」J停頓了一下，才提起另一個人：「至於永然他……還是老樣子。」

「……他餓個幾天應該死不了。」

「我知道。」J點點頭，說：「不過我怕妳會……擔心他。」

美惠子愣了一下，才搖搖頭說：「他這麼神通廣大……哪輪得到我擔心？」

J笑了笑，搖搖頭繼續看他的古書。美惠子在旁邊看著J，就好像二十年前一樣，她又看到昏昏欲睡。直到她頭點了好幾下，J才發現美惠子快睡著了。

「美惠子……美惠子！」

「啊？」

看著美惠子驚醒的表情，J笑著說：「想睡的話，進房去睡？」

「……我想陪著你。」

這句話讓J有點高興，但他還是笑著說：「我沒關係啦！這本一定會有好消息，妳就放心的去睡吧！」

聽到這種安慰的話，美惠子低下頭來，小聲問著：「我是不是一定會被燒死？」

J沒有回答。

他沒有去找占星學家來預測未來，他沒有請道家來幫他算卦，他沒有找薩滿、沒有請祖靈、沒有做任何猜測。他很希望能得到好的結果，但他更怕聽到壞的消息。這幾天他幾乎要把【組織】館藏的大量書籍全部閱讀完畢，但就跟樂透對獎一樣，對到頭獎的機率微乎其微，也讓他每次都失望不已。

J深深吸了口氣，然後移動位置到美惠子的身邊，輕輕的做了一個他這二十年來一直想做，但又不敢做的動作——他輕輕的摟住美惠子。

「妳不會被燒死的。」J閉上眼睛，聞著美惠子的髮香，說：「就跟幾天前我在京都對妳說過的一樣，我會保護妳。我相信這些書裡一定有能讓我找到逆轉的機會。」

美惠子原本有些僵硬，畢竟自從李永然落跑去修道之後，她幾乎沒被人這樣溫柔的擁抱過了。但很快她就感覺到來自J的真情流露，也放鬆了戒備，把頭靠了過去。

「我知道你很認真……其實好幾次我都想叫你不要再忙了。」美惠子哽咽的說著。

這不能說她看不開，沒有幾個人能在知道自己一定會死的情況下，還能hold住的。

聽到美惠子的哭聲，感覺到她身子在微微顫抖，J突然給了美惠子一個吻。他也不知道為什麼自己要這麼做，其實他只是想安慰她，但就是一股衝動，令他克制不住的吻了面前這個他追了好久，追了二十年的女孩……女人。

雙唇分開之後，J自己也嚇了一跳。雖然美惠子並沒有抗拒，但J就是覺得自己怎麼會如此的……失態。

於是他露出了充滿歉意的微笑，把古書收一收，一邊收一邊說：「……累了，妳好好休息吧……我相信，這一本一定會有解答的。我先離開……」

但就在這個時候，美惠子卻伸手輕輕的拉住了J。

**「……今晚，別走。留下來陪我，好嗎？」**

J不敢去問占星，沒有求道家、沒有找薩滿、沒有請祖靈、沒有做任何的預測——因為他怕聽到壞消息。

但也因此，他才會不知道這場魔法界颳起的大風並未結束。或者甚至該說，暴風才正要開始。

所有占卜出來的結果，都指向一個正要從東方來到此處的年輕人。

**而他，就是那股即將席捲整個魔法界的狂風……**

# NO.001

# 鬼和魔法師

**「啊啊啊啊啊啊啊啊啊啊——！！！？？？」**

這次要用尖叫聲來開場，我也不是很願意，可是沒辦法啊！

在那場大戰之中（詳情請參閱《魔法師之全球通緝令》），我眼尖發現了被敵人團團包圍的藤原瞳，又手賤腦殘不要命的想充當英雄，跑過去出手解救了藤原瞳的危機，然後奮力的從旁邊一個沒有人防守的大洞跳了出去。

在那種兵荒馬亂、亂七八糟的混亂環境之下，有個沒人防守、沒有任何阻礙的大洞，你會想要試著從那裡跑出去也是人之常情對吧？對吧？

對啊！我當初就是這麼想的啊！我以為那個沒有人防守的大洞是可以讓我帶著藤原瞳逃出生天的康莊大道啊！結果不是啊！那洞外竟然是個懸崖啊啊啊啊！它不但不是什麼逃生路線，反而是直通鬼門關的單行道啊！

「呀啊啊啊啊啊啊——！」

原本已經被扁到奄奄一息的藤原瞳，在發現我竟然抱著她一起跳崖的瞬間，馬上清醒過來，抱著我也跟著尖叫起來！

幸好洞外的山坡還算是有那麼一點點坡度，不是真的完全直角——但也差不多了——所以我們並非完全的自由落體，而是很快就一屁股摔在山坡上，然後便不停的沿著山壁往下滾。

雖然我的情況已經非常不妙了，但為了不讓藤原瞳持續受到傷害，所以我還是非常本能反應的把藤原瞳緊擁入懷，試著用自己的身體去幫她擋下那些來自石頭、樹枝、山壁的傷害。

這個時候，懷裡的藤原瞳閉上嘴巴不再尖叫，咬緊牙關從我腋下伸出一手，低聲的唸動咒語，在我們正下方的半空中創造出一個粉紅色的半透明結界，想要阻擋我們滑落。

結果不用你們猜，答案就出來了啊！那結界才剛誕生，馬上就因為我的「結界破壞」能力而消滅了啊！為什麼我這個能力這麼無能啊啊啊啊！

雖然我這無能的能力讓藤原瞳自救的舉動無效了，但是她這舉動提醒了我，要是再不想辦法，大概再過幾秒，甚至不用幾秒，我們就會粉身碎骨。

**靠！我是來救藤原瞳的，不是來跟她抱在一起玩跳崖自爆的啊！**

所以我張開嘴巴大喊：「軒轅劍救命啊啊啊啊啊！」

其實我是死馬當活馬醫來亂喊的，不然我也沒招了啊！沒想到那軒轅劍竟然還真的有聽到我的召喚！就聽到上方傳來「轟！」的一聲爆炸，一個小黑點「磅！」的一聲竄了出來，然後還在空中撞破空氣壁，用超音速飛了過來。

果然，軒轅劍它聽到我的召喚了啊！就看它極有靈性的飛到我的正上方，然後用力的插進山壁中，把自己當成鏟子一樣的向下一鏟，直接把我和藤原瞳兩人鏟離山壁。接著，它在巧妙的在空中轉了一圈、順利的托住我們兩人，在我們摔成粉身碎骨之前，成功的解決了我們的危機。

「碰。」

軒轅劍托著我們回到地面，將我們甩了下來後，好像力氣用盡了一樣，無力的摔在地上，變回原本那把人畜無害的廢鐵。

我也是，我也完全無力了。

⊕⊕⊕　⊕⊕⊕

我的名字叫做「陳佐維」，整件事情說來話長，所以我就長話短說。總之，我是個魔法師，而且我現在人在日本，因為一場大戰的關係，所以導致一開場就是我抱著藤原綾的妹妹「藤原瞳」墜崖的驚險橋段。

這次的墜崖雖然有驚無險，沒有什麼大傷，但是一路這樣滑、滾、翻、撞，身上到處都是挫傷和擦傷。

然而，就是像現在這種痛到要死、一般人早就昏過去的疼痛程度，我體內的軒轅心法還是自主的強制啟動，讓我保持清醒，以免失去意識會造成更大的危險。所以我也只能在地上清醒的躺個大字形，痛苦的唉唉叫著。

至於那個被我抱著一路摔下來的藤原瞳，竟然奇蹟般的一點傷都沒有。或者該說，因為我一直想著要保護她，所以我一路上緊抱著她，用自己的身體替她承受了來自石頭與樹枝的攻擊。因此，藤原瞳在扣掉原本被無良魔法師攻擊的傷勢外，竟然只有褲裙、衣袖這種我無法擋到的地方有磨破和小擦傷，其他好像沒什麼大礙。

而且她體力還恢復得特別快！我只能躺在地上唉唉叫，她竟然已經可以爬起來了，並且滿臉焦急的就要離開。

一看她爬起來要離開，我趕快硬撐著也坐了起來，問：「妳要去哪啊……」

「我要回去！我要去保護我的家！我要打倒那些魔法師！」

藤原瞳很認真的說著，解答完我的問題後，便轉身要離開這裡。但她才剛轉身，馬上就察覺到情況不對勁了。

現在的時間其實是中午過後沒多久，雖然我沒帶錶，不過距離午餐時間應該沒有很遙遠。照理說天氣正好，天空應該很明亮才對，但就在一瞬間，天空整個暗了下來，就好像一片很大的雲將太陽遮蔽了一樣。可是嚴格說起來又不太一樣，因為現場比太陽被雲朵遮蔽的情況更黑，而且來得很突然，也沒有要結束的意思。

我們倆不約而同的抬頭往天空看去，才發現那片我們原本熟悉的天空，竟然出現了一個巨大的魔法陣！而那個魔法陣的中間，是一個巨大的十字架。

「……靠……」

我曾經在藤原綾的教學下，聽說過有些宗教、魔法結社會有那種需要超過二十人以上才可以發動的超大型魔法，但因為劇情推展太慢……不是，我是說因為我都沒有碰到，所以一直到現在我還是第一次親眼看到這種東西。

那魔法陣非常的漂亮，跟我以往接觸到的東方魔法陣法完全不同，是看了會令人著迷的，簡直就跟藝術品一樣的魔法陣。就連藤原瞳也跟我一樣看呆了。

但我相信這座魔法陣出現在這裡絕對不是好事。

我才剛猜想這座魔法陣的用途，下一秒，像是在回應我的猜測一樣，那魔法陣就展開了作用。只見它從十字架的四個角開始發出亮光，然後亮光逐漸往十字架的中間集中，像是在集氣聚力一樣。

這一刻，我就知道那是什麼了！

就跟好久以前的電影《ID4星際終結者》裡出現的外星人巨大幽浮在毀滅帝國大廈的時候一樣。十字架在集氣完成後，對著正下方的藤原城堡轟出一道巨大的白色毀滅光束！

而藤原城堡的下場，也真的跟電影演的一樣，從最上層開始發生爆炸，然後一層一層的炸開，最後整座城堡都被夷為平地。

我站在這個地方，先是看到爆炸，接著感受到地面的震動，然後是「轟轟轟轟！」的聲音傳過來，最後則是一大堆的破磚碎瓦殘木飛屑不停的掉落！我趕緊縮成一團，雙手抱著自己的頭，以免被莫名其妙的東西打中。

「呀啊啊啊啊啊啊啊啊啊！」

就在這個時候，我聽到藤原瞳發出大叫的聲音。我原本以為是她被打中了很痛苦，所以發出尖叫，結果一看才發現不是這樣，而是她抓狂了！

她完全不管那些從天而降的碎片會不會打到自己，一逕瘋狂的衝向山壁，抓狂到手腳並用的開始攀爬起來。可是山壁的坡度不允許她這麼做，她只能像是在挖土一樣不斷的用手耙著山壁，卻一點也沒有往上爬。

藤原瞳一邊挖土、一邊哭喊，挖到蔥白修長的手指都滲血、指甲都斷了，她還是沒有停下這舉動。於是我也顧不得身上痛得要死，趕緊爬起來去到她身後，用盡我剩下的力量從她背後攔腰抱住她，想要將她往後拉，制止她這瘋狂的行為。

一被我抱住並且拉開後，藤原瞳開始亂踢亂打的掙扎，手緊抓著我環抱著她的手臂，想要掙脫我的擁抱，嘴巴也沒閒著，像瘋婆子一樣的吼著：「#@$%#@（日語）……放、放開我啊！放開我讓我上去……啊啊啊啊！」

「冷、冷靜點啊！妳上去能幹嘛啊！妳上去一點用也沒有啊！」

「嗚……嗚哇啊……嗚嗚……放開我……我要回去保護我的家……嗚……」

被我嗆了一句她回去也沒有用之後，藤原瞳整個人就像洩了氣的皮球一樣。雖然她嘴裡還是叨唸著要回去救大家、保護自己的家之類的喃喃自語，但更多的是令人動容、聞者鼻酸的哭聲。

「為什麼……為什麼會這樣……嗚……」

藤原瞳整個人都無力了，要不是我緊抱著她，她大概會跪倒在地上哭成一團。不過事實上我也快葛屁了，剛才是滿腦子只想著要制止藤原瞳，腎上腺素融合軒轅心法，讓我暫時忘記了身體的傷痛，現在安靜下來聽她哭哭，我就覺得全身上下又痛了起來。現在不要說是動一下會痛了，就是被微風輕輕的吹過，身上的那些創口也痛到讓我想自盡。

「為什麼……我的家沒有了……我不要……嗚……」

我不知道要怎樣安慰她。聽說安慰人是有技巧的，其中一個技巧就是傾聽對方的痛苦，所以我沒有說話，只是專心的聽她哭訴著。

「藤原家的結界是天下無敵的……嗚……為什麼會這麼容易……這麼容易……」

就在這個時候，藤原瞳似乎發現了什麼問題的癥結點一樣，她不哭了，反而是一直喃喃自語著「這麼容易被破解……這麼容易被破解……」這句話，好像是找到了原因。

同時，我也感覺到我的手被她越抓越緊、越抓越用力。

「……呃，小、小瞳？」

藤原瞳沒有回我，但她抓我的力量卻越來越大，大到我覺得我的手開始痛了起來！

「欸欸，小、小瞳啊！會痛啦！妳怎麼了啊？」

「……是你把我們家的結界破壞掉的，對吧？」

「嘎？」

我才剛「嘎」完，瞬間一個天旋地轉，藤原瞳已經施展了「神樂」的體術技巧，將我用過肩摔的方式摔倒在地！

這一下摔得我痛到哇哇大叫，但藤原瞳的攻勢並未結束，她跟著一個翻身，騎到我身上，一隻手抓著我的衣領，另一手掄起拳頭，憤怒的說：「你到底是誰？你是【組織】的內奸對不對？你接近姐姐到底有什麼目的？」

「不、不是啊！那個，我們之間想必是有一點誤會……」

「誤會什麼！我們【藤原結社】的結界有那麼容易被破壞的嗎？一定是你偷偷在搞鬼！你這個……喝啊啊啊啊！」

話還沒說完，藤原瞳的鐵拳立刻對著我的頭砸了下來。我趕緊將頭往旁邊一側，驚險的閃過這拳。但她揮拳的拳風也蘊含著魔力，還是硬生生在我臉頰上劃了一道傷痕。

**馬的，這藤原瞳真的瘋了啊！她剛才那一下是真的想殺我啊！**

於是我用盡吃奶的力氣挺腰，把藤原瞳頂了起來，接著再奮力的往旁邊翻身，將藤原瞳甩下去之後，才趕緊爬起來拔腿就往樹林裡亂跑。

「可惡……我看你、看你往哪跑！『祓穢誅邪．定』！」

藤原瞳在我身後吼完之後，我回頭就看她對我張手揮出一道粉紅色的光圈。我不知道那是什麼，但那個光圈一碰到我就消失，一點效果都沒有。

看到這種情況，藤原瞳更是氣炸了！她站起來指著我大吼說：「一定是你！所有的結界都對你沒有用！就是你害我的家沒有了……是你……我要……我要替藤原家的人報仇！『祓除滅穢．破』！」

藤原瞳再度出手，這次就不是可愛的封印術了，而是類似漫畫《七龍珠》裡面龜派氣功那樣的粉紅色魔力彈！這一枚魔力彈直接打中我的肚子，一下就把我打得往後吐血飛脫了出去，狠狠的撞在身後樹林裡的某一棵大樹上。

我全身傷勢本來就不輕，現在更是嚴重了啊！我無力的靠在樹上坐著，揉著自己剛才又受傷的肚子，對藤原瞳說：「唉唷……不是……小瞳妳真的誤會……」

「去死去死去死去死——！」

藤原瞳真的殺紅了眼，完全不顧自己的魔力剩下多少，卯起來用魔力彈狂轟！一大堆粉紅色的光球就這麼對著我炸了過來。我真的閃無可閃、避無可避，只能縮成一團，閉著眼睛再度大叫：「軒轅劍救命啊啊啊啊！」

結果這軒轅劍還真的會聽我的話啊！我原本以為我會死在這裡，沒想到軒轅劍竟然又飛了起來，在半空中自己揮劍成圓、畫圓作盾的擋下那些魔法光球，竟然還被它擋得滴水不漏，Nice Play啊！

一陣狂轟濫炸之後，藤原瞳原本就沒有恢復到全滿的魔力很快又用完了。只見她一手捧胸，另一手張開對著我，想要聚起粉紅色的光球卻沒辦法，然後一直喘大氣，滿頭大汗的瞪著我，那樣子看起來真的恐怖到了極點。不過看她手中的光球一直聚不起來，就知道她現在已經是強弩之末了。

「……小、小瞳，那個……」

一看到她的魔力彈聚不起來，我想趁機會用我的嘴炮攻勢先安撫暴走的她。結果在這個時候，大地又傳來劇烈的震動，同時還伴隨著「吼吼吼吼吼吼——」的恐怖吼叫聲。

這突如其來的異常，打斷了我和藤原瞳之間的僵持。我們同時看著聲音傳來的方向，就看到蒼鬱的樹林內突然有一抹妖異的紅色快速移動著，同時一股強大的壓迫感也隨著那抹紅色的逼近，鋪天蓋地的朝著我們襲來。

那抹紅色在樹林間三個、兩個大跳躍，一瞬間就來到了藤原瞳的身邊。剛才在樹林間看不清楚，結果一登場，我才看出那是什麼。

那是一個身長兩公尺，頭上長兩隻角、赤面獠牙，全身赤裸、肌肉健壯、皮膚像火一樣紅的……

「鬼」。

這種鬼跟我們所說的那種亡靈之類的鬼不同，這種鬼是日本惡鬼，就是一般日本動漫畫裡很常見的那種，也就是當年桃太郎大人去鬼島打倒的。比較常出現的不是紅色就是藍色，現在出現的是紅色，算是很常見的款式。

但是……為、為什麼會在這邊出現啊？是嫌現場還不夠混亂嗎？

藤原瞳似乎也沒料到在這邊會突然出現一隻惡鬼，加上她的魔力已經所剩無幾，所以一時半刻沒有做出反應。

倒是那惡鬼看了藤原瞳一眼，露出了笑容，然後說：「血統不純的藤原家之子啊……也好，就當成是本大爺被你們祖先封印於此的祭品吃掉吧！」

惡鬼說的話其實不是中文，也不是日文，可是很神奇的，聽在耳裡就是能理解他說的是什麼意思。吃了翻譯米糕差不多就可能是這種感覺。

藤原瞳本來還沒什麼反應，直到聽到對方要把自己吃掉這種不管是從字面上還是含意上來解釋都非常不良的行為，才終於清醒過來。她張出魔法結界，對著惡鬼不甘示弱的大吼：「祓除滅穢．破！」

這一下就是之前用來打我的粉色魔力飛彈。即使藤原瞳的魔力已經見底，但恢復力驚人的她，在休息片刻之後，打出來的魔力飛彈竟然威力絲毫不減。這要是我在這麼近的距離被打到，肯定又要被打飛出去了。

然而鬼畢竟是鬼，不是我，也不是綠豆糕啊！那枚威力無窮、氣勢萬鈞的魔力飛彈竟然被那隻鬼赤手空拳的接了下來。然後他得意洋洋的張開大嘴，把魔力飛彈吃了下去！

靠！他還真的是要來吃藤原瞳的啊！

「哼，血統不純終究還是難吃了點。」惡鬼抹抹嘴巴，有些意猶未盡的用不知名但聽得懂的語言說：「不過本大爺被困了千年這麼久，現在有得吃就好，就不挑啦！小女娃，別掙扎啦！」

說完，惡鬼一個壓身動作，咻的一聲就閃現到藤原瞳的身後，然後雙手環抱住藤原瞳。這動作不但迅速，還很粗暴！藤原瞳發出了一聲難過的叫聲，那惡鬼卻像是虐待狂一樣，開心的笑著說：「少女的悲鳴真是最美味的調味料啦！再多叫一點吧！大爺喜歡妳的聲音啊！」

邊說，惡鬼還伸出他那醜陋的舌頭去舔藤原瞳的臉頰。

「軒轅劍法．殘月！」

剛才我趁著惡鬼專心在欺負藤原瞳的時候回氣完成，藉由不斷運行軒轅心法來提高自己的靈氣強度之後，便握住軒轅劍對著那惡鬼揮出一記黑色的劍氣。

沒想到惡鬼竟然不閃不避，只是停下手邊動作，轉頭用眼神就將我的劍氣震潰，然後對我露出嘲諷的笑聲，說：「小子，想要英雄救美啊？我呸！」

說完，惡鬼放開藤原瞳，接著瞬間移動到我面前，用如炮彈一般的上鉤拳惡狠狠的灌在我的肚子上！打得我馬上又嘔出一大口鮮血！接著他手一用力，硬生生的把我往上打飛，然後他再跳起來，雙手握在一起，在半空中對我使出一記大搥，將我轟回地面！

經過兩次重擊，我真的完全沒有體力再站起來，只能無力的趴在地上，看著惡鬼回到藤原瞳身邊，用壓倒性的力量打敗藤原瞳，然後開始「吃」她。

惡鬼先用手刀劈暈了藤原瞳，然後將她身上的巫女服撕開，接著趴在她身上，張開大嘴「吃」著藤原瞳的魔力。只見昏迷不醒的藤原瞳身上一直有粉紅色的光芒散發出來，又不斷的被那惡鬼吸入體內。隨著藤原瞳身上的魔力不斷消失，惡鬼身上的妖異紅光則是不斷的璀璨起來。

我又硬撐著站了起來。

「……把藤原瞳給我放開……」

身為過來人，我很清楚對魔法師來說，失去魔力代表的是什麼意思。

馬的！廢柴如我這樣一點魔力都開發不出來的，失去魔力都難過得想哭了，更不用說像藤原瞳這種從小練功練到大、魔力超高強的人了。失去魔力，就好像拔除掉她這輩子唯一可以依靠仰賴的東西，我光是想像就覺得很難過。

我憤怒的看著不斷在「進食」的惡鬼，憤怒的再度舉起軒轅劍，然後扯開嗓子，一邊大吼、一邊朝著惡鬼衝了過去。我趁著惡鬼吃得很開心的時候，用力的朝著毫無防備的惡鬼身上劈下去！

結果我還是把這惡鬼想得太淺了。

他隨性的反手一揮，就打斷了我的攻勢。但我並不是無功而返，起碼我成功的讓那惡鬼停下吸收藤原瞳魔力的舉動了。

惡鬼站了起來，回頭瞪著我。他身高超過兩公尺，我在他面前簡直跟小孩子一樣迷你。他抹抹嘴巴，說：「看來不先把你這討厭的小傢伙消除，我今天是沒辦法好好享用這份祭品了……吼喔喔喔喔喔喔！」

說完，惡鬼對著我用力的一拳揮了過來。我趕緊壓低身體閃過這拳，但旁邊的大樹就沒這麼幸運了啊！整棵參天古木被惡鬼一拳攔腰打斷啊！

但說也奇怪，此時我心中只想著要保護藤原瞳，所以在閃過了這一拳之後，我體內的靈氣竟然開始暴漲了起來。軒轅劍更像是感應到我的靈氣一樣，激盪出黑色的靈光！

在強大靈氣的輔助之下，惡鬼對我的第二次、第三次攻擊都被我輕鬆的閃避過去。接著我將盈滿全身、不吐不快的靈氣全部灌注到軒轅劍上，將充滿靈氣、散發閃耀黑光的軒轅劍狠狠的往惡鬼身上一劈！

「軒轅劍法．曜日！」

惡鬼原本又想要不閃不避的赤手空拳擋下我的攻勢，結果這記「曜日」不但勢如破竹，更是擋無可擋的直接將他攔腰劈成兩半！惡鬼發出一聲刺耳的大吼之後，就化作片片金色的碎片，徹底的消失了。

與此同時，我身上強大的靈氣也跟著消失。眼前一黑，我就這麼躺在地上，不省人事……

⊕⊕⊕　　⊕⊕⊕

躺了不知道多久，我被冰冷的雨水打醒。

眼睛睜開，我還是在原來的位置，而赤身裸體的藤原瞳也還躺著。我一看這樣可不行，趕緊先把自己的衣服脫下，蓋在她身上遮蔽外洩的春光。

我試著叫醒她，卻發現不管我怎樣賞她巴掌她都不甩我，我才放棄的直接把她抱起來，然後在樹林裡尋找可以避雨的地方。

我身上幾乎沒有一塊是完好的，全身都是傷，肚子尤其嚴重。頭很痛，而且還昏沉沉的，要不是因為軒轅心法會一直他媽的強制啟動，逼我清醒著，或許我會一直和藤原瞳躺在這裡直到得肺炎死掉。

幸好皇天不負苦心人，就算整個情況差到一個人類極限，我還是找到一個乾淨的山洞，可以進去裡面躲雨。

躲進山洞之後，我把藤原瞳放了下來。我想叫醒她，解釋清楚我不是破壞他們家結界的凶手，再一起討論接下來該怎麼辦，但是不管我怎樣推她、搖她、打她，她很有脾氣的說不醒就是不醒過來。

這時候我才發覺事情不對勁，於是伸手去探她的鼻息。

「……沒、沒有呼吸？」

我心裡一個大驚啊！此時也顧不得我會不會把未成年少女的裸體看光光，導致自己會因為違反兒少法使得這套故事成為禁書，就伸手去量她的脈搏、聽她的心跳。

結果，她竟然已經沒有心跳了！

藤、藤藤藤原瞳她……她她她……她死了？

馬的！藤原瞳妳怎麼可以死在這裡啊？我這麼拚死拚活的去救妳，從山上摔到山下，還硬是莫名其妙的消滅掉一隻惡鬼，結果妳竟然已經死掉了？這、這怎麼可以啊？喂！妳還這麼年輕，不可以死啊！

「轟隆！」

就在這個時候，外面的天空還很應景的打了一道雷光下來。我甚至可以聽到《命運交響曲》……

而正是這個時候，我腦海裡也因為那道雷光的關係，閃過了一幅畫面。

我想到之前在藤原城堡的時候，藤原綾也是奄奄一息的快要死掉了，那時候公孫靜施展了軒轅心法硬是把她了救回來。

雖然我不知道軒轅心法對死掉的人有沒有用，但有方法總比沒方法好，而且要是再拖下去，到時候救回來變成殭屍或者白痴之類的，比不救更慘啊！

於是我先將藤原瞳擺出一個端正的坐姿，然後伸手按著她的額頭去運行軒轅心法，想要把我自己的靈氣輸進去救她。但不管我怎麼努力的施展軒轅心法，或者不管我按她的額頭、牽她的手或者捏她的小肚子，我的靈氣始終沒有辦法傳輸過去。

「拜託拜託，快點吧！神啊！求祢了啦！讓我成功一次也好吧！」

雖然我不斷的這麼碎碎唸著，可是軒轅心法只是帶著靈氣在我的體內繞行，讓我自己身體的情況越發健康……最後，我也冷靜了下來。這時候再想想，我終於知道為什麼我沒辦法把靈氣灌到藤原瞳體內了。

**因為姿勢的問題。**

於是我立刻把藤原瞳拉了過來，將她反過來背對著我，然後我緊緊的從她背後貼著她坐下。用我的胸口貼著她的背，雙手抓著她那觸感非常良好的少女胸部。

果然！軒轅心法果然是邪功！發明這套心法還有這種傳功姿勢的人絕對居心不良啊！因為只有這種姿勢，我才可以將我的靈氣灌到藤原瞳體內啊！

姿勢一變成這樣，軒轅心法馬上就帶著我的靈氣從我的手流進藤原瞳的身體裡，然後再從她的背流進我的胸口。大概運作了兩輪，我感覺到藤原瞳的心跳奇蹟般的復原了！

**果然啊！傑米，碰到問題，用軒轅心法轟下去就對了啦！**

軒轅心法帶著我的靈氣運走大約第四輪之後，藤原瞳的心跳越來越強，不只如此，我開始可以感覺到我自己的靈氣在藤原瞳體內的運作。靈氣順利的繞行她的全身上下，每繞行一次，從她體內流出、並流入我胸口的靈氣，反而比我輸送給她的還要強悍，更帶著一點不一樣的感覺。

那感覺是什麼，我說不上來，但真的讓我受用無窮，精神百倍。我原本只是想要救藤原瞳，結果因此誤打誤撞，連我自己的傷都好了。

真的，皮膚的擦傷癒合了，肋骨的裂傷復原了，頭昏腦脹的感覺消失了，每次考試都可以考一百分了啊！

「唔……噗！」

就在這個時候，藤原瞳突然起了反應。這反應不知道算是好還是不好，因為她突然吐了一大口血出來！把瘀血吐出來之後，藤原瞳開始猛烈的咳嗽，同時身體跟著有了動作，甚至還虛弱的開口說：「……我……」

一聽到藤原瞳虛弱的說了這麼一個字，我整個欣喜若狂啊！這種助人助己的感覺真的太棒了啊！我開心到幾乎要誇張的笑了出來。

我散掉軒轅心法，開心的抱著藤原瞳，說：「幹！太好了太好了！妳終於復活了啊啊！嗚嗚～上帝保佑啊啊啊……」

「呀啊啊啊啊！」

結果回應我的，並不是什麼剛復活的喜悅，而是一個女孩子碰到危險時最本能的反應——尖叫。

藤原瞳她馬上掙脫了我的擁抱，回頭給了我一巴掌，然後雙手抱著自己的胸部，退到山洞另外一邊去，一臉不可置信的看著我。

「……你……你對我做了什麼？」

「……嘎？」

我一手遮著被打了一巴掌的臉頰，愣在那邊，心想我招誰惹誰了？救妳一命還要被妳打一巴掌是哪招？

結果藤原瞳突然難過的哭了出來，哭倒在地上，說：「你怎麼可以趁人之危……趁我昏迷的時候對我……嗚……你是我姐夫啊……」

藤原瞳這麼一講我完全愣住了啊！

看看現在這個情況，雖然我心知肚明是誤會，可是你看看啊！你看看我們啊！藤原瞳身上的衣服早就被那惡鬼撕破，雖然不是一絲不掛，但該露出來的是一點都沒放過；而我為了要幫藤原瞳遮點以免她被壞心的讀者看光光，所以也已經把自己的衣服脫下來，但又因為剛才想要確認她的心跳，所以那件衣服現在也不在藤原瞳身上，而是孤單沉默的躺在旁邊耍自閉。

現在的情況是誤會，但真的很難不讓人誤會啊啊啊啊啊！

我趕緊把地上那件破爛的衣服撿起來扔到她身上披著，然後自己退到一邊開口解釋說：「不是啦！妳誤會了……剛才的情況是……」

「誤會什麼？難道衣服是我自己脫的嗎？你……」藤原瞳哭著瞪著我，然後舉手對著我比了一個「五」的手勢。比了半天我也不知道她想要幹嘛，結果她自己反而更花容失色，更慌張的哭著說：「我……我的魔力怎麼不見了？你……你到底對我做了什麼？你……嗚哇啊啊！」

雖然衣服和魔力會消失都是那個也消失掉的惡鬼做的，完全跟我無關，然而我對女孩子哭泣真的會過敏啊！藤原瞳這樣又哭又叫的，好像我真的把她怎麼了似的，害我整個人慌亂到跟剛才以為她差點死掉的時候一樣。

所以我想過去安慰她，結果我才剛靠過去，她馬上退開，說：「你不要過來，我……你、你離我遠一點！嗚……嗚哇啊啊……」

說完，她緊抓著身上的那件破爛衣服，哭哭啼啼的跑出洞外，衝進下著傾盆大雨的山林之中。

「喂、喂！藤原瞳！不要亂跑啦！喂——」

當然，我不可能看著她一個人在這種狀況下在大雨中亂跑，所以我也跟著她衝出了山洞。

……唉，誰說好人會有好報的？你倒是說說看，是哪門子的好報，會讓一個剛救回一命的好人，得在大雨中裸奔的啊啊啊啊！

# NO.002

# 續·日出之國的魔法師

藤原瞳一邊哭、一邊拉著身上的破爛衣服，在這下著雨的樹林中奔跑。

可是小時候爸爸媽媽都有教過，地上濕濕的時候不要用跑的，會跌倒。連在自己家裡都可能會跌倒然後哭哭了，就更不用說下著雨的樹林了。地面不但泥濘不堪，大雨又遮蔽視線，偶爾還有樹根、樹枝、石頭在當作障礙挑戰賽的障礙物，加上藤原瞳她還在哭，她還得邊跑邊拉衣服以防走光，出來跑超過十分鐘才「哎呀！」一聲的跌倒，大家應該要先幫她鼓掌再說了啊！

不過，我當然沒這麼白目的鼓掌叫好，而是緊張的跑過去說：「小瞳……」

「不要過來！」

我才剛出聲，藤原瞳立刻回頭警戒的說：「你不要靠近……嗚！」

就在藤原瞳回頭的時候，連話都還沒說完，她的表情一瞬間扭曲起來，然後立刻抓著自己的腳踝。從我專業的角度看過去，除了可以看到衣服沒有遮蔽到的身材曲線之外，我猜她應該是腳扭到了。

「小瞳……」

「不要過來！」

這感覺好像重複播放的畫面呀……

我看著藤原瞳張開右手掌對著自己的腳踝，好像想要做點什麼，卻又什麼都做不出來，最後她憤然的用力拍了一下地面，哭著喊說：「為什麼……你對我做了什麼……我的魔力為什麼不見了……嗚……」

就在這個時候，我突然聽到有其他人在呼喊的聲音，那聲音聽起來像是有人在這片樹林裡尋找什麼的感覺。我相信藤原瞳也聽到了，因為她停止了哭泣，四處張望著。

果不其然，遠方隱約有幾個人影在晃動。

聯想到剛才山上發生的慘況，我實在很難相信那些人影會是藤原宗家或者分家的人在這邊尋找有沒有生還者，因為這感覺就很像是【組織】派來搜山，想要找出活口帶回去問罪的！

於是我趁著藤原瞳在張望的時候，一個箭步過去繞到她背後，伸出一手去摀住她的口鼻，另一手則是環抱住她的雙手，然後在她耳邊說：「先離開這邊，如果不想被【組織】

的人抓走的話。」

「嗚嗚嗚嗚！」

藤原瞳悲憤的瞪著我，同時還不斷的在我懷裡掙扎。

我也很無奈，但現在不是什麼解釋誤會的好時機，只好先放開她，搖搖頭說：「跟著我走，我們先回去避一避。」

說完，我就回頭要走。但走了兩、三步之後，我才想到藤原瞳之所以會倒在那邊是因為她腳受傷啊！於是我只好又折返，對她說：「我、我要抱妳了！被、被我帶走總好過被【組織】的人抓回去審判吧……總之，妳腳不方便，我抱著妳走吧！別亂叫、別掙扎了！拜託拜託！」

藤原瞳的表情看起來何止是十萬個不願意，根本就是六百八十九萬個不願意啊！但或許是我說的有道理，因此，當我把她扛起來回頭離開的時候，她還真的沒有掙扎。

回到山洞，我剛把藤原瞳放下，卻發現她竟然又昏了過去。幸好她只是昏過去，不是又死了，我終於能好好的鬆一口氣。

其實我有想過，她身上披著的破爛衣服早就被雨水打濕到繼續包著也沒有保暖的效果，搞不好還會因此感冒，只是我實在不好意思再把她身上的衣服剝開啊！所以只能讓她繼續穿著濕衣服，總好過我又要搞啥用身體溫暖她，然後真的跳進淡水河也洗不清這樣。

「嗚嗚……」

我才剛坐下，就聽到藤原瞳的哭聲。我以為她醒了，結果不是，她只是在說夢話而已。我不知道她夢到什麼，但從她緊繃的臉來判斷，肯定不會是好夢。這讓我覺得她真的很可憐，連睡著了都沒辦法好好休息。

我輕嘆了口氣，坐在她身邊運行軒轅心法來療傷止痛。

看著洞外的大雨，還有肚子上巨大的黑青，我只能搖搖頭。

**唉，我八成上輩子有欠這對藤原姐妹的錢，這輩子只要一碰到她們，肚子都會受傷啊！**

提到欠這對姐妹，我才又想到藤原綾。其實我應該要很擔心她們的，畢竟當初藤原綾的狀況就不算是很好，但因為我自己後來的情況也好不到哪裡去，不是跟鬼 PK 就是跟藤原瞳 PK，所以一直到現在才有那個精神去擔心她們。

雖然說藤原綾的身邊有一個武藝高強到我從不覺得她會輸給任何人的公孫靜在，但在那種驚人的大魔法攻擊之下，我越想也越覺得……

算了，反正不管怎麼樣，妳們都要平平安安的啊！

「唔嗯……啊啊啊！」

這個時候，藤原瞳突然清醒過來然後大哭大叫。而我正在專注的想事情，她這麼突然鬼吼鬼叫也嚇了我一跳。我趕緊轉頭看她是不是又受傷還是怎樣，結果藤原瞳卻主動的撲到我身邊緊緊抱著我，然後一邊哭一邊說——

「@#%$*@$%。（日語）」

妳說日語我是要怎麼安慰妳啊？我根本聽不懂啊！雖然說平常我也很愛看日本動漫畫，但那是因為有萬惡又強大的字幕組上翻譯字幕我才看得懂，現在我只聽得出來「@#%$*@$%」，我連妳是在哭什麼都不知道，我要怎麼安慰妳啊啊啊啊！

幸好藤原瞳她哭一陣子就發現自己抱不對人，她抱著的人正是剛才疑似趁她昏迷不醒時對她上下其手達陣成功的人面獸心的姐夫，所以她立刻停止哭泣，表情驚恐的退到一邊去。然而就這麼一退後的瞬間，她馬上露出痛苦的表情，接著緊緊的按著自己的腳踝，縮在一旁發出痛苦的喘息。

一看到她這樣的舉止，我才想到一件本應注意但早就忘記的事情——藤原瞳她的腳剛剛扭到了啊！

當下我的反應就很直接的想要過去看看她的腳，結果我一靠近她又往後退，然後又大叫一聲。我愣了一下，搖搖頭嘆口氣，用很無奈的語氣說：「……我知道妳可能覺得我這個人有問題，但我現在沒有要對妳不利的舉動，就只是想幫妳看看腳而已，可以嗎？」

藤原瞳緊咬嘴唇，神情警戒的瞪著我。我原本想說再靠近一次，這次她不理我就拉倒不幹，結果這次再靠近她的時候，她總算沒有跑掉，便讓我得以一窺她的傷勢如何。

果然啊！剛扭到的時候就應該要找東西把腳踝包緊固定，然後減少活動，以免它腫得更大一包。雖然剛才是因為有人靠近，不得已只好到處亂跑，又加上情況緊張過後我壓根也忘記她腳受傷的事情了，但就是因為這樣一拖延，所以此時此刻藤原瞳的腳踝真的腫得跟麵龜一樣。

「這很嚴重啊……妳等一下，別亂動，我找東西幫妳包紮起來。」

說完，我運起軒轅心法加強了自己的力量，然後把自己的褲管扯了一大塊下來，接著輕輕的抓住藤原瞳的小腿，說：「我會用點力氣幫妳包，會有點痛，可是這樣才有效，忍著點喔！」

藤原瞳沒有回應我，我就當她知道了，便開始將那塊破布用力的纏著她扭傷的區域。包得雖然很醜，但現場沒有道具可以幫忙，能這樣包好，我覺得自己已經可以得諾貝爾醫學獎了。

「雖、雖然很醜，可是妳別怪我啊！我從小沒啥美術天分的！」我抬頭很無奈的看著藤原瞳。

她依然是一直在看著我。雖然表情已經不再是警戒或者是害怕，但仍舊讓人猜不透她此刻在想什麼。我嘆了口氣，搖搖頭，轉身往洞口的方向走去，在洞邊坐了下來；我這麼做不單是要保持距離，甚至還刻意的乾脆背對她，看著洞外的樹林雨景。

「……這個也只能應急，等一下雨停了，我們再下山去找醫生看看……還有找件衣服換。」

藤原瞳沒有回應我，我和她就一直保持沉默，直到雨停。

雨很快就停了。

雨勢一停，急著想離開這個鬼地方、下山去找衣服換上的我，趕緊回頭對洞裡的藤原瞳說：「小瞳啊……呃……」

藤原瞳屈膝坐在洞壁邊，雙眼一直盯著我，眼神充滿了不確定性。雖然比起剛才那種暴走、想殺死我的眼神來說是有了進步，但進步不大，因為我還是無法從她的眼神中判斷她到底有沒有想通我們之間的誤會只是誤會。

這句話好饒舌啊~但就真的只是誤會嘛！妳用腦袋想想就應該知道了，我幹嘛沒事抱著妳跳崖，還在山下打跑一隻惡鬼，這麼拚死拚活就只為了想要把妳給那個掉嗎？哪可能啊！

「呃……」見藤原瞳沒反應，我抓抓頭，故作輕鬆的說：「那個，啊哈哈……雨停了，我們……下山去吧？」

藤原瞳還是沒反應，但幸好沒讓我等太久，大約五秒後她點了點頭，「嗯」了一聲，然後面無表情的指了指自己的腳踝。

這一指我馬上會意過來，趕緊說：「腳還會痛啊？那、那不然我……呃，我揹妳下山？」

又過了五秒——

「……嗯。」

⊕⊕⊕　　⊕⊕⊕

於是乎，我展開了一段揹著一個接近全裸的美少女在下過雨的山上亂闖的大冒險。

你們要知道，這裡根本就是原始叢林，沒人會來這邊的！既然沒人會來，就表示這邊也沒有所謂的「山路」啊！因此，我真的只能完全靠自己的方向感亂跑亂闖，反正只要有下坡就一路下坡吧！

而且路不熟還不是最困擾的，最困擾的是這樹林本來就不是很好走，剛下過雨導致的泥濘更是將這難走的程度往上翻了一番，整個煩死人啊！我一面走還要一面注意腳邊的情況，更要注意上面的樹枝會不會打到我背上那姑奶奶，深怕自己也不小心一個扭傷，我們就只能靠軒轅劍再度飛起來載我們下山了。

喔對了，你們可能又會想說，明明軒轅劍會飛，怎麼不拿來用？

我只能說，情況不到那麼危急的時候，這把爛劍多半只是柄破銅爛鐵，並不是什麼上古神兵啊！

所以，當好不容易看到城下鎮出現在我們面前的時候，就算天已經黑了下來，我還是不自覺的打從心裡發出了歡呼，根本像是登山隊又成功登頂一樣的開心。

然而開心過後，問題就來了。

為了追捕美惠子阿姨，來自世界各地的【組織】魔法師們現在應該都還在城下鎮中。就算山上的城堡已經炸爛，美惠子阿姨八成也凶多吉少的落入【組織】手中，可是大部隊要撤離應該沒這麼迅速。意思就是說，這城下鎮裡應該還有很多【組織】的魔法師在，進去無疑是自投羅網。

可要是不進去的話，先別說藤原瞳的腳踝有沒有救，光是要我們繼續維持這半裸和接近全裸的狀態繼續走到下個城鎮，就尷尬死了啊！

我一直以為平常和公孫靜練功的時候，讓她的巨乳貼在我背上的感覺已經很尷尬、很刺激了，結果藤原瞳這小妞雖然看起來沒什麼料，但出乎意外的不但胸部發育情況良好，而且在接近全裸的狀態下，她的胸部幾乎是直接貼在我的背上來場激烈的肌膚接觸，害我……很難專心啊！

於是我把藤原瞳先放下來休息一下——**要知道，雖然藤原瞳體態輕盈，可起碼肯定有四十公斤啊！揹著四十公斤走在崎嶇難走的山路上這麼久，老實講我自己搞不好還是最驚訝的那個**——然後向她提出我的疑問，希望她能告訴我一個答案。

藤原瞳歪著頭思考了一下，才說：「……附近有個我平常做巫女侍奉會去的神社，我們可以去那邊。」

「嗯嗯，那就麻煩妳帶路了啊！」

於是，在藤原瞳的帶領之下，我們繞到城鎮附近的一個小神社裡面。

這座神社果然是藤原瞳的地盤啊！一踏進來，藤原瞳就熟門熟路的指揮我來到旁邊的一個小房間，要我去開門。

我伸手要去開門，手才剛接觸門把的時候，就聽見「啪嘰」的一聲，表示我很自然的又打破了一個結界。但這裡既然有個還沒被破壞掉的結界，就表示這房間很可能空著一段時間，裡面應該是安全的。於是在破壞掉結界後，我很安心的揹著藤原瞳走了進去。

裡面果然如我所推測的一樣，空無一人。但這裡給我的驚喜並不只如此，這裡竟然還有一大堆乾淨的衣服！雖然都是巫女、神官的衣服，但現在這種情況，只要這些衣服是乾淨的，就算是女裝我也要硬著頭皮穿上啊！

換好衣服後，我抓抓頭，問藤原瞳說：「欸……這個問題有點怪喔……妳知道這裡的錢放在哪嗎？」

「在銀行。」藤原瞳有點不屑的回應，說：「你想幹嘛？」

「不是啦！我沒有想要動歪念頭的打算……只是，剛才說了要帶妳去看醫生，沒有錢也不行啊！所以才會問一下的……只是，如果是在銀行那就沒辦法了。妳也沒有帶證件，沒辦法領的。」

藤原瞳愣了一下，頭又壓低下去。她想了想，才說：「……神堂前有個祈願箱，我們巫女每天下班前，都要把裡面的香油錢回收到家裡去。可是……鑰匙也在家裡面……」

我看了看放在一旁的軒轅劍，就笑了出來，點點頭說：「沒關係，我有帶萬能鑰匙。妳能告訴我那個箱子在哪裡嗎？我去把裡面的錢拿出來。」

藤原瞳看到我在看軒轅劍，大概猜到了我想要幹嘛的樣子。她又思考了一下，才無奈的說：「……希望神會原諒我們……我帶你去吧。」

其實我不太願意帶著她去，因為一來這還是在做壞事，二來她腳有傷，到時候若有突發意外，她怎麼樣也跑不掉。我雖然可以救她一次、救她兩次，但也不保證每次都能救到她啊！只是她堅持要跟著我去，我也沒辦法在沒她帶領的情況下找到那個祈願箱，就只好揹著她前往祈願箱所在的地方。

那地方其實也不遠，很快就走到了，而且一看我就知道那是祈願箱。就是動畫裡人家要來參拜的時候，要把零錢丟進去的那個箱子，上面還有一個大鈴鐺，可以讓人拉一下。這是神道的拜神方式，我也不太懂。總之，我是一看就知道那是我的目標。

我先把藤原瞳放在距離箱子有點遠的地方，以免有危險的時候她跑不掉。叫她躲好後，我再拿著軒轅劍，準備要打破祈願箱搶劫。

**唉，連神明的錢都得搶，我在不知不覺中已經變成壞人了嗎？**

我運行軒轅心法，增幅了靈氣的強度後，一個箭步蹭到祈願箱前面，然後手起劍落，匡噹一聲就把那祈願箱砸開！

結果，裡面竟然一毛錢也沒有。

這下我真的是有夠失望的，失望到只能回頭對著遠方的藤原瞳搖搖頭，表示我們來晚一步，裡面的零錢已經被別人搶了。但是回頭一看，卻看到藤原瞳一直指著我身後，還緊張的對我大叫。

「@#%$@！（韓語）」

就在這瞬間，突然有一道粉紅色的光圈從我頭上砸落，將我籠罩在一個粉紅色的結界裡面。然而，小小的結界怎麼可能難得倒我？我立刻轉身，左手一揮就把那結界毀掉，同時抓住了我身後那個偷襲的傢伙，右手舉劍就要劈倒那人。

但是我抓住對方的時候，我就看清楚了那個偷襲我的人是誰了。

「＊@#？（韓語）……佐維哥？」

那不是別人，竟然是【大宇宙結社】的副社長——韓太妍！

⊕⊕⊕　⊕⊕⊕

因為碰上的人很巧合的是自己人，而韓太妍也很清楚此地不宜久留的道理。所以即使我有很多話想要說，她也有很多話想要說——比方說她就很好奇為什麼我不但沒和藤原綾、公孫靜在一起，反而是和藤原瞳在一起——但韓太妍還是趕緊找人安排車子載我們去安全的地方再說。

雖然很久沒有看見韓太妍，但韓太妍還是熱情得讓人難以招架啊！她在車上就一直不斷的對我言語性騷擾，偶爾還要來個肢體性騷擾，弄得我一路上都是害羞臉紅的狀態，也搞得藤原瞳莫名其妙的進入不爽的狀態。

我們來到韓太妍所謂的安全的地方，也就是【大宇宙結社】在這次大戰中暫時下榻的大豪宅中。其實這裡也不見得多安全，但韓太妍好歹是社長千金兼副社長，所以她自己的房間還算是隱私的安全空間。

來到這裡，我先請韓太妍用天醫道幫忙治療藤原瞳。在韓太妍的魔法治療下，藤原瞳的腳踝傷勢復原得差不多了，不但如此，韓太妍還請人幫我們安排了晚餐。

說實在話，這一整天奔波下來，我除了吃過一頓早餐外，粒米未進啊！所以現在肚子真的是餓到飢腸轆轆、餓到前胸貼後背，一見到食物就不斷的狼吞虎嚥。

「呵呵，佐維哥你吃慢一點嘛～還有很多，你不要急呀～」

「唔唔，這個燒肉超好吃嗚嗚……」

一邊吃，我們也一邊分享了在彼此分開之後到底發生了哪些事情。

韓太妍說，她一回到結社，因為壓力的關係，所以馬上宣布與我們【神劍除靈事務所】的合作關係中斷，接著就和她父親率領一票【大宇宙結社】的高手來到這裡參與追捕美惠子阿姨的行動。

不過韓太妍特別強調，希望我能相信她，當初她跟我們分開時所說的話都是真的，她真的相信美惠子阿姨的清白。只是因為立場的問題，她身為一個大結社的副社長，不得不做下這樣的決定。

「我知道啊！」我笑著說：「太妍雖然很愛鬧小綾，可是我們大家都是好朋友，我相信妳啊！」

韓太妍愣了一下，隨即笑著輕輕的給了我一拳，說：「討厭啦……佐維哥這樣講，人家更喜歡你了喔～」

「咳咳咳咳！」

從在車上的時候開始，只要韓太妍這樣鬧我或者性騷擾我，藤原瞳的喉嚨就會痛，然後用劇烈的咳嗽來打斷我們。這讓韓太妍又露出了一種專屬於她的戲謔笑臉，呵呵笑了幾聲，繼續問我後來經歷了什麼事情。

**我自己的事情你們也看到了，過得沒有很舒服，就不多提出來以免你們覺得導演混帳，都靠重播畫面混字數這樣。**

「……所以，太妍妳那邊有小綾她們的消息嗎？」我擔憂的問：「我真的很擔心她們的情況。」

「一看到我不先關心人家，反而是關心小綾的情況，都沒想過人家會難過嗎～」見韓太妍如此反問，我趕緊解釋：「不是啦！我、我也很關心妳啊！只是……呃，既然妳好端端的出現在我面前，那麼……」

「我知道。」韓太妍打斷我的話，說：「只是，人家就是喜歡你這樣子唷！嘻嘻～」

「呃……」

她的回應讓我真不知道該怎麼接話啊！我超尷尬的啊！只能抓抓頭傻笑著點頭。結果這個時候，藤原瞳那邊卻有了反應。

「咳咳。」

藤原瞳的輕咳又打斷了我和韓太妍的對話，並且讓我們兩人的注意力都集中到她身上。只是當我們一看向她，她馬上又裝作沒事，繼續吃她的飯。

韓太妍輕笑了一下，隨即從餐盤夾了一筷子泡菜，親暱的湊到我身邊對我說：「佐維哥，這是人家特地從韓國帶來的，吃看看嘛！我來餵你喔～嘴巴張開，啊～～」

「咳咳！咳咳！」

藤原瞳又咳了兩次，而且越咳越大聲，好像喉嚨真的在痛一樣。然而韓太妍卻好像確定了什麼事情一樣，笑咪咪的問：「唉唷，小綾妹妳怎麼啦？喉嚨不舒服嗎？」

「沒事……只是希望太妍姐姐妳能自重一點而已。」

韓太妍又笑了起來，將那一筷子泡菜放下，黏在我身上說：「人家對於自己喜歡的人是很勇敢的！愛要說出來嘛～憋在心裡面就只能在一旁看著生悶氣了，你說是不是呀～佐維哥～」

「呃……啊哈哈……可、可能吧……」

「咳咳咳！太妍姐姐！」

「嗯？」韓太妍摟著我，賴在我身上，對藤原瞳說：「唉唷～看來，我不小心說對囉！小綾妹在吃醋嗎？」

這個問題問得藤原瞳的臉一下子紅了起來，但是她馬上搖頭否認，改用生氣的口吻說：「妳說錯了！我只是看不下去而已！他是我的姐夫！已經跟姐姐結婚了！我只是希望太妍姐姐能夠自重一點。還有姐夫！你也一樣！不要以為姐姐不在這裡就可以亂來……我、我會跟姐姐告狀的！」

這下子換韓太妍愣住了，然後哈哈大笑起來。笑到最後，她還輕捶了我一拳，「佐維哥！你怎剛沒跟我提到這段啊？你和小綾在跟我分開之後竟然還有時間去結婚？那小靜怎麼辦呀？她可是一直在盼著你回頭呢～」

「太、太妍！」

「……」看了韓太妍的反應，藤原瞳呆了一下，隨即用疑惑又凶狠的目光看著我質問：「姐夫，這……這是什麼意思？」

嗚哇！我沒料到這個謊言會在這種時候被拆穿啊！當下真的嚇死我了。

可是一瞬間我就想到，當初撒這個謊的原因，只是為了想要混過藤原瞳那關，好讓我和小靜可以上山進藤原城。現在不要說回不去了，就連整座城都已經被炸掉了，這個謊似乎也沒有維持的必要了。於是我點點頭，承認了韓太妍說的是對的。

結果完全不在狀況內的韓太妍還在此時補上一刀，說其實連我和藤原綾的情侶關係都是假的，是要做給外面世界的人看，好掩飾我們魔法師身分用的。我和藤原綾根本就只是普通的社長還有副社長關係。

藤原瞳的表情一下子變得很複雜，我猜大概是她此刻才發現自己被騙而不爽吧，所以我趕緊向她道歉，說我們真的不是故意要騙她的，是因為當時情況危急，不得不才出此下策。

韓太妍似乎到這個時候才發現自己不但猜錯，還把氣氛搞僵硬了，就不跟我玩了，乖乖的將飯吃完。

「佐維哥、小綾妹，我……我已經派人幫你們把房間整理好了……你們放心，有我韓太妍在此，沒人敢對你們怎麼樣的，你們可以安心的在這裡好好休息。跟我來吧。」

吃飽飯後，我揹著腳還是很痛的藤原瞳——我覺得韓太妍已經治好她了，但她依然如此堅持——跟著韓太妍來到了分配給我們使用的房間。

當然是兩個房間，只是在隔壁而已。總之，我先把藤原瞳揹進她的房間，讓她可以在床上躺好準備休息之後，我才跟著韓太妍來到分配給我的房間。

走進房間，韓太妍充滿歉意的向我道歉，說：「抱歉啦……佐維哥，人家不是故意要拆穿你們的。」

「啊~反正遲早會被發現的，我不怪妳啦！」我很無奈的表示，說：「別放在心上啦！倒是妳，幹嘛沒事一直刺激她啊！」

「唔，我本來以為她又是一個被你騙來的迷途羔羊啊！」韓太妍理所當然的說：「我也不知道這世界是怎麼了，明明比你好的男人到處都有，結果只要被你碰上的女孩，好像每個都會被你吸引住，進而喜歡上你了。」

「靠！有嗎？」

「唔，我、小綾、小靜，隨便一數就三個了！」

韓太妍還真的在數啊！

數完之後，她還笑著說：「所以囉～因為佐維哥對每個女孩子都很好，長得也還過得去，說話也很幽默風趣～我才會以為連小綾妹也因此中招，被你收進後宮來嘛～想說連小綾的妹妹都不放過，佐維哥真是太有趣啦！」

「拜託，妳在藤原綾面前千萬不要這樣講好不好……我才沒有什麼後宮不後宮……」

「嘻～求我呀～不然我其實很想看看，小綾她知道連自己的妹妹都被你吸引上了，會有怎樣的反應呢！」

「妳乾脆拿把刀捅死我吧！」

韓太妍笑得花枝亂顫。說真的，我有那麼一瞬間懷疑她真的會在藤原綾面前亂講，因為她根本就以玩我為樂趣啊！

「好啦，你好好休息，有消息我一定會來通知你的，我先走了。」

「嗯。對了，太妍……」在韓太妍轉身要走的時候，我出聲喊住她。

她很開心的又轉回來，笑著問我：「怎麼啦？想要親我一下再讓我走嗎？」

「呃……我是想說，謝、謝謝啦……真的很麻煩妳……我真的很感激。」

韓太妍點點頭，笑了笑，說：「因為我喜歡你呀！」

這樣又讓我尷尬了，只能傻笑著不知道怎樣回應，然後呆看著韓太妍笑嘻嘻的離去。

目送走韓太妍，我把門關上，回頭往床上躺去。

說真的，雖然剛吃飽馬上睡覺好像對身體健康不太好，可是今天奔波一整天了，我很累啊！雖然軒轅心法可以讓人一直保持清醒，甚至精神百倍，可說到底，那就有點類似運動員吃藥打針一樣，是暫時的！真正的固本之道，還是要靠休息睡覺才行。

所以我躺在床上，沒多久就睏了，呵欠狂打，眼皮也很沉重。就在這個時候，有個人跑過來敲我的門，嚇了我一跳，但我馬上想到應該是韓太妍。於是我趕緊起身跑去開門，笑著說：「太妍，怎麼……呃……」

「……看到是我，讓你很失望嗎？哼！」

**與其說是失望，不如說是驚訝啊！因為站在我門外、敲我房間門的人，竟然是那個我揹了一整天，說她腳很痛走不動的藤原瞳啊！**

「當、當然不是失望啊！可是，妳不是腳在痛嗎？怎麼過來了？不痛了嗎？」

我一連串丟出了好幾個關心藤原瞳腳踝傷勢的問題，問得她馬上把原本有點不滿的臭臉收回，低著頭小聲的說：「我……我跳過來的。」

「靠！啊就腳在痛了還跳，到時候更嚴重了怎麼辦啊？哎唷……算了算了，先進來再說吧！」

「嗯……」

說完，我蹲下來將她抱了起來，直接抱進房間，以免她又亂走亂跳讓自己沒受傷的腳踝跟著扭到。

「咦？咦咦咦？」

「幹嘛啊？不這樣子，難道妳還要我用揹的嗎？門口到床上距離很近，一下子就到了啦！」

我抱著藤原瞳轉身走進房間，用腳將門踢上後，把藤原瞳小心翼翼的放在床上。接著，我回頭去把門鎖上，才拉了把椅子過來床邊，想要看她的腳踝到底怎樣了。只是當我剛坐下，一看到她的臉，被嚇到的反而是我。

靠！她的臉怎麼這麼紅啊！

「……小、小瞳？」

「怎、怎麼了？」

藤原瞳好像沒有意識到自己的臉很紅，於是我趕緊改口說：「沒事啦……只是，妳的腳要是還沒好，別亂跑知道嗎？我跟妳講啊！以前我為了打籃球，這腳踝照三餐在扭的。妳要讓它好好的休息，才會好得快，知道嗎？」

「……知道了。」

我笑了笑，很輕鬆的往椅背上一躺，問：「好吧！那妳來找我幹嘛？」

「我、我……」

藤原瞳的臉頰紅得似乎完全消不掉了，坐在床上一整個手足無措。

奇怪了，明明就是妳來找我，幹嘛要這麼緊張啊？

藤原瞳將臉別開，小小聲的說：「我……我有話想對你說。」

「嗯？」

藤原瞳嘴巴張開又閉起來，開開合合了好一段時間，才終於把想說的話組織好，卻仍是支支吾吾的說：「我……我今天想了一個下午。我想……也許……我誤會你了。」

「咦？」

突然說了這件事情，就換我訝異了。我原本以為我和她之間的那個誤會可能暫時解不開，畢竟那種事情要是不去找醫生證明我的清白，搞不好她都得一輩子誤會下去，然後直到跟她未來的男朋友或者老公在一起的時候，才意外得到真正的驚喜。

我原本真的是這樣想的，已經抱著那種打算將她拖去醫院掛骨科，然後跟醫生說「她腳扭到，麻煩醫生你順便幫我檢查一下她還是不是處女，謝謝。」之類的臺詞了，結果想不到她自己想了一個下午，就想通了啊！

不過，誤會想通了就是好事，我趕緊笑著說：「啊，是這樣嗎？」

藤原瞳點點頭，說：「我仔細想想……就算你有『結界破壞』的能耐，在下午那場戰事，結界被破壞的當下，你人還被我們關在地牢，不可能是你破壞的……破壞我們【藤原結社】那千年不破的結界的凶手，一定另有其人。我想……我真的誤會你了，對不起。」

聽到藤原瞳這樣講……呃，怎麼跟我想的好像有點出入啊？雖然說能解開這個誤會也是好事一件，但是、但是比較起來，另外一個誤會才大吧！

為什麼妳是想通這個咧？難道妳真的覺得我當初拚死拚活從戰場上把妳救了出來，還抱著妳跳崖，就只是為了想要趁妳暈過去的時候○○╳╳（消音）妳嗎？仔細想想也知道不可能啊！摔下懸崖沒死已經是奇蹟了，哪裡來的力氣○○╳╳（消音）妳啊！

不過我也沒有這樣說，只是有點尷尬的笑著說：「那個……妳能想通，真的是太好了呢……哈哈……」

「嗯……還、還有，還有另外的事情……想跟你說……」

藤原瞳突然又扭捏了起來，我一看就覺得似乎還有救啊！看來事情有分輕重緩急，像她這種置個人生死於度外，全心全意為了【藤原結社】的女孩，決定先把結界問題對我說清楚，也是情有可原。

沒錯！國家大事解決了，再來該是處理兒女私情了！想必一定是她想通了我根本沒時間弄破她身上的個人封印，現在要來跟我化解這個誤會了，一定是這樣啊！

「那個……其實……本來我一直不知道要怎麼辦才好……你對我也還算好，又救了我的命兩次……可是又考慮到……你應該是我姐夫的問題……所以……所以一直覺得這樣很對不起姐姐……」

藤原瞳扭扭捏捏的、吞吞吐吐的說著，這內容越聽我越覺得詭異，一點也不像是那種要解開誤會的感覺，怎麼反而好像有種那個……那個……她好像想對我說什麼跟我所想的完全背道而馳的恐怖事情的感覺啊！這真是不好的預感啊！

「然後剛才聽到太妍姐姐說你……跟姐姐其實只是長官和下屬的身分……我……我就覺得……也許……那個……你可以……嗯……」

就在她終於下定決心，害羞但堅強的看著我，要開口說出什麼足以震撼整個房間的事情的同時，那扇房間門竟然先震撼了起來！

不是，我是說就在這個時候突然有人跑來敲我房間的門，中斷了我和藤原瞳的對話。

這下子我終於鬆了口氣。

「佐維哥～我是太妍啦！那個……你在休息嗎？」

「咿咿？」

聽到是韓太妍的聲音，我原本鬆下的那口氣又提了起來啊！

剛才好說歹說，才把這腦子裝漿糊的女人說服成功，說清楚我和藤原瞳一點關係都沒有，結果人家前腳才剛走，上個廁所完再回來一看，藤原瞳馬上就出現在我房間的床上！

這根本就是那個才說嘴就打了嘴啊！

床上的藤原瞳一聽到是韓太妍，表情就從堅強變成疑惑，然後開始發臭，扳起臉孔來問我：「……為什麼是她？她要來幹嘛？」

「靠！妳問我我哪知道啊……啊啊啊！我在休息啊！怎麼啦？」

因為外面的韓太妍一直在問我到底在幹嘛，我就趕緊回話，以免她起疑。

知道我在休息後，韓太妍就說：「那……我可以進去嗎？我……有些話想對你說。」

**靠盃啊！幹嘛妳們兩個有話都不能明天早上講啊？什麼事情真的有嚴重到非得現在講完不行嗎？我想睡覺啊！**

我不可能不讓韓太妍進來啊！可是一讓韓太妍進來，依她的個性，肯定會把我和藤原瞳想歪。想歪就算了，最慘的是被她抓到小把柄，只需要想像一下她在藤原綾面前說句什麼「唉唷~那天晚上我在佐維哥房間的床上看到小綾妹……」之類的臺詞，大概還沒說完，我的人生就強制結束了啊！

於是我立刻指著藤原瞳，說：「躲好！」

藤原瞳原本已經很不爽了，現在聽到我叫她躲好，先是愣了一下，然後就激烈的抗議說：「為什麼是我要躲好？怎不叫她走啊！」

「不想被誤會成妳想搶姐夫或者更難聽的話，就給我躲好！讓我先打發掉她，保證妳可以跟我慢慢講整個晚上啊！」

「佐維哥～我可以進去嗎？你在忙嗎？我真的……很想你陪我說說話。」門外的韓太妍不斷的催促著。

「我馬上就來啊！很快！」我對著門外喊完，又對藤原瞳說：「拜託啦！求妳啦！不想害死我的話，躲起來啦！」

藤原瞳這才心不甘情不願的環顧四周，看看到底有哪裡可以躲人。可是這裡就這麼大，也沒有什麼衣櫃之類的。最後沒辦法，我只好勉強的把她塞進床底。

處理掉藤原瞳之後，我趕快跑去開門。

「啊哈哈～怎麼啦？太妍？」

韓太妍疑惑的往房間裡面東張西望，確認沒有異常後，才說：「你在幹嘛啊？我還以為小綾妹躲在裡面，你剛才正在想辦法把她藏起來呢！」

**幹！妳也猜太準！妳根本就已經把我和她想歪了吧？**

「沒有啦～我只是……因為要睡覺了，所以只穿一條四角褲，怕這樣開門會把妳嚇到嘛～」

「以前住在同一個屋簷下，你的四角褲有幾條我都一清二楚了，還怕被我看到？而且……現在才八點，你就要睡了？以前你不是都一、兩點才睡的嗎！」

「呃……今天特別嘛……」

韓太妍搖搖頭笑了笑，主動的走進房間。一進來，還把她從剛才就一直藏在背後的東西拿了出來。

那是一瓶酒。

「能陪我喝一杯嗎？一起聊聊。」

「那個……不好啦，我不會喝酒妳又不是不知道……」

「這樣才好呀～」韓太妍露出了嬌媚的笑容，靠到我身上說：「這樣喝醉了之後，才方便人家嘛～」

韓太妍的嫵媚攻勢，讓我完全招架不住啊！所以我只好勉強同意，就喝一小杯，聽她把想對我說的話說完，大家就趕快回去睡覺，剩下的明天早上再說。

韓太妍倒也沒堅持，點點頭，主動的往床上一坐。我也把小桌子拉到床邊，坐在剛才就拉過來的椅子上。她倒了兩小杯，遞給我一杯後，將自己那一杯一口喝完。

「呼……佐維哥，太妍先乾為敬了，你是不是也該有點表示？」

「呃嗯……嗯嗯。」

我也把我那一小杯倒進嘴裡，又苦又辣又臭，我真的搞不懂這鬼玩意兒有什麼好喝的啊！但我沒吐出來，忍著將酒嚥了下去。

韓太妍又替我將酒杯斟滿，自己也倒一杯，又笑著說：「佐維哥……你沒事，真是太好了。」

「嗯嗯……」

「呵呵……你知道人家為什麼會在神社出現嗎……」韓太妍將頭低了下去，說：「我呢，是去那裡替你們祈福的。從【組織】決定要向【藤原結社】宣戰以來，我就一直在那裡替小綾、小靜，還有你，向神明祈求保佑，希望你們一定要平安回來。」

「呃……嗯嗯，謝謝啦！看來妳的祈福有效喔，起碼我好端端的出現了。哈哈……」

韓太妍笑了笑，又把她那杯酒一口喝掉，然後再倒一杯，又喝，又倒，之後才拿著酒

現代
魔法師
霧都大亂鬥
姐夫，我會陪著你面對一切，
姐姐她們做得到的事情，我也可以……
就算要與全世界為敵，我也會跟著你走到最後。
吐槽系作者佐維＋知名插畫家Riv
《現代魔法師06》2014年3月，俺妹俏麗出擊！
典藏閣
華文聯合出版平台
www.book4u.com.tw
采舍國際
www.silkbook.com
不思議工作室
立即搜尋
版權所有© Copyright 2014

杯對我說：「佐維哥，我很喜歡我們四個人在一起的那段時光喔！」

「嗯……」

「我喜歡每天跟小綾鬥嘴，我喜歡每天都欺負小靜，我真的很喜歡待在臺灣，窩在那個小小的家裡面，以及每一天的生活。其中我最最喜歡的，嘻……其實是你唷！」

我抓抓頭，很尷尬的笑了笑。她很愛把喜歡我掛在嘴巴上，聽久了就會覺得她只是在鬧著我玩。但總覺得現在有點不一樣，她似乎有一點點點認真的感覺，害我有點尷尬。

韓太妍又把酒喝掉，但這次沒有再倒酒了。她捧著空酒杯，說：「所以呀……下午看到天空那個大十字架的時候，看到那個大魔法陣的效果的時候……人家是真的好怕……好怕再也看不到你們，好怕再也看不到你了……嗚……」

結果韓太妍竟然哭了！這個號稱我們結社裡最不容易掉眼淚的女強人，竟然哭了！這一幕實在是難得到……讓我也覺得有點心疼。

「唉唷……那個，乖啦乖啦！別哭了別哭了喔！妳看，我不是好端端的在這嗎？太妍，別哭了啦！」

韓太妍點點頭，隨即輕輕的將我的手拉了起來，把我手中的酒杯放到旁邊的桌上，然後用力一拉，將我拉上床去，變成一個男上女下的姿勢。

接著她用力的抱住我，嬌豔欲滴的熱情雙唇就這麼吻了上來。一下子害我完全不知道該怎麼反應，只能呆呆的讓她把舌頭伸進我嘴巴裡瞎攪和。

喇完一輪，雙唇分開後，韓太妍眼神迷離的看著我，嘴角露出滿足似的微微上揚。

靠，怎麼會這樣啊！她也太……太美了吧？而且還這麼主動，主動到我只能被動的、呆呆的、尷尬的、害羞的說：「呃……我……那個……」

**「我要結婚了。」**

「咦？」

韓太妍勾住我的脖子，勾著我翻了一圈，換她壓在我身上。

她眼眶噙著淚水，笑著說：「我呀，戰爭結束之後，就要回韓國去結婚了。對方是『天道教』的少主，是爸爸安排的……因為我們結社被哥哥的事情搞得損失太慘重，急需要強力的結盟……而且我又很不聽話，成天老向著佐維哥還有【神劍除靈事務所】這個賠錢貨……所以爸爸把我許給那個我根本沒看過幾次的少主……甚至我連他的名字都忘了的人，是我的未婚夫喔！」

這個消息實在有點晴天霹靂，霹靂到我震驚得什麼話都說不出來。韓太妍也知道我說不出話來，相信她自己也不想說了，就把千言萬語都化為動作，低下頭來，繼續熱情的吻著我。

吻著吻著，她的淚水掉了下來，順著她的臉頰滑落到我的臉龐。熱熱的，濕濕的。

「如果我們可以再像這樣一直在一起下去，你會喜歡上我嗎？」

雙脣再度分開，韓太妍問了我這個問題。但她沒有讓我回答，而是又給了我一個吻，並且主動的解開我神官禮服的上衣。

「不管怎麼樣，我很喜歡你喔……我會一直、一直喜歡著你。就算我的丈夫會是一個我不熟、你根本不認識的男人，我還是要你知道，在我心中，你永遠都是第一個。」

韓太妍坐了起來，笑著，同時也伸手解開自己身上的衣服……

然後她就被從床底下竄出來的藤原瞳一腳踢飛了。

「幹！」

看到韓太妍突然被踢飛，我也跟著嚇了一大跳。我竟然完全被韓太妍迷到忘記床底下還躲一個藤原瞳啊！

韓太妍被藤原瞳一腳踢開，摔到床的另外一邊。當然，憑她的身手，被摔這一、兩下其實也沒啥大礙，可她依然是花容失色，驚魂未定的看著突然從床底下竄出來的藤原瞳。

「為、為什麼妳會在這裡啊！」

從床底下竄出來踢人——**不是我在講，妳藤原二小姐的腳不是還在痛嗎？怎麼踢的啊**——的藤原瞳原本表情還算凶狠，但被韓太妍這麼一問，馬上跟著慌了，一張小臉漲得緋紅，一直看著我，好像是要我幫她向韓太妍解釋一樣。

可是，妳是要我解釋啥啊！我就不想要妳在這裡出現的事情被韓太妍知道啊！靠！我剛才其實還一瞬間想過順著韓太妍的話，直接指著妳說「靠腰！對啊！為啥妳會在這啊？」之類的臺詞啊！

一看到藤原瞳在看我，韓太妍也跟著看我，然後她的視線就一直在我和藤原瞳身上轉來轉去，對我說：「佐維哥……看來你跟我說的，和你現在在做的，好像是不一樣的事情嘛～」

「嘎？」

韓太妍撥了一下頭髮，又湊到我身邊黏過來，剛才的花容失色、驚慌失措早就不復見。她恢復原本的笑容，說：「那不然你要不要跟太妍說一下，小綾妹出現在這裡的原因到底是什麼呀？是不是她想早我一步過來獨占你呀～看來不是她壞了我們的好事，是我壞了你們的好事呢～」

「什、什麼好不好事……妳、妳少亂說！」

藤原瞳的臉紅到跟熟透的番茄一樣紅，她別開頭，不去看已經摟在一起的我和韓太妍，說：「我、我……我只是覺得，已、已經要結婚的人還是要自重點好！不可以太隨便！」

「我只是快要結婚，又不是已經結婚。我想跟誰在一起，妳管那麼多幹嘛呀？」韓太妍看著藤原瞳，然後轉頭把我又撲倒，嘴唇又湊上來吻我，吻完後還有點嗆聲的意思，對藤原瞳說：「而且，我看佐維哥似乎也沒有想要拒絕的意思唷～」

「妳……」藤原瞳的那個「妳」不知道是針對我還是針對韓太妍來的，但她似乎更不爽了，就轉身過去，說：「隨、隨便你們啦！我……我走就是了，哼！」

「不送啦～」

韓太妍笑咪咪的對藤原瞳揮揮手，然後又繼續摟著我要親我。但我一看藤原瞳她一拐一拐的走路，知道她原本就不算好的腳，現在應該又在痛了……八成是因為剛才飛踢韓太妍的關係。

於是我輕輕的推開韓太妍，下床去拉住藤原瞳，說：「不是啦……那個，妳腳在痛，別亂跑啦！笨蛋！」

說完，我也不管藤原瞳，回頭對床上的韓太妍說：「還有啦……那個，小瞳她只是來找我聊天的啦！妳別想歪了，不是什麼好不好事的……其實真的是她破壞了我們的好唉呀！」

我話還沒說完，身後的藤原瞳就用手肘給了我一拐，不爽的說：「所以我說我要走了，不打擾你們了啊！哼！」

「唉唷唉唷，我開玩笑的啦！也不用走啦……唉唷唉唷……」

我就這樣夾在韓太妍和藤原瞳中間，感覺裡外不是人啊！

不過，在看到了我左右為難的表現之後，床上的韓太妍突然噗哧的笑了出來，讓我和藤原瞳都把注意力放到她身上去。

「真是的……」韓太妍搖搖頭，抹去眼角還沒擦乾的淚珠，笑著說：「佐維哥果然是佐維哥……小綾妹，妳不是來找佐維哥聊天的嗎？我已經講完了啊～現在輪到妳跟佐維哥講了，我先走就是了。」

「咦？」

一聽到韓太妍要走，我就又說：「可是妳……」

「我要走啦～」韓太妍下了床，伸伸懶腰，一邊往門的方向走去，一邊說：「再怎麼說，身為【大宇宙】的副社長，隨便亂跑讓大家找不到人也不太好吧？而且我不走，難道你要讓你的小瞳一拐一拐的走回去嗎？你忍心嗎？佐維哥～」

我一路跟過去，就當作是送她一程，我說：「也不是啦……唉唷，就……對不起。」

「沒有什麼好對不起的啦！」

「好啦好啦……不然，下次我們再繼續聊，好嗎？」

「下次？」聽到我說的話，韓太妍眉毛一挑，很刻意的往我身上躺過來，在我懷裡嬌媚的說：「下次，人家搞不好就是天道教的少夫人囉……難道，佐維哥對人妻比較有興趣嗎？」

「不、不是啦！」

一想到剛才的畫面，我馬上又滿臉通紅，急著解釋說：「我是說，在、在妳還沒嫁人前……也不是啦！我是說……好好聊天……唔……」

就在我解釋著的時候，韓太妍突然轉身勾著我，然後深深的給了我一個法式深吻。

「我知道。」

雙脣分開後，她將我勾了過去，在我耳邊說：「我知道……我都知道。可是你還沒回答我，如果我們一直繼續再這樣在一起下去，你會喜歡我嗎？」

「……會吧……」

不知道為什麼，韓太妍這個問題讓我有種我真的快失去這個朋友的感覺。就像她所說的，這場戰爭──不對，已經結束了，所以也許搞不好再過兩天，下次再看到的時候，她就不再是我們熟悉的那個韓太妍，而變成天道教的少夫人了。到那時候，很多事情都會不一樣了。

於是我緊緊的擁抱了韓太妍，她也緊緊的抱著我。不過沒有抱很久，很快她就放鬆了力道，然後在我耳邊說：「我要走了，佐維哥！我會幫你詢問小綾她們的下落的。」

說完，韓太妍放開我，然後探頭看著房間裡的藤原瞳說：「小綾妹，妳的佐維哥還妳囉～然後給妳一個過來人的忠告，別太愛吃他醋，吃不完的！」

「太、太妍！別亂說啦！」

韓太妍俏皮的對我吐了吐舌頭，然後輕輕的把我推進房間裡面，還順便幫我把門關上，丟下一句「再見啦～」就瀟灑的走了。可是她走得瀟灑，卻不知道房間裡的氣氛因為她，變得非常尷尬啊！

「呃……啊哈哈！那個，太妍她……比較愛開玩笑啦～」我轉過頭來，一邊抓抓頭，一邊笑著對藤原瞳說著。

藤原瞳已經在床邊坐下了，看她一臉不爽的樣子，就知道剛才韓太妍的玩笑話對她已經有了影響。

「呃……小瞳？」

我走到藤原瞳面前，坐在椅子上，說：「那個……不然妳趕快把妳剛才想說的話說完，我揹妳回去睡覺休息，好不好？有點晚了說……」

「已經不想說了，我想睡了。」

說完，藤原瞳還主動的躺到床上，自己鑽進被窩裡面要睡覺了。

可是，那我要睡哪啊？我抓抓頭，說：「好好好……不然我房間讓給妳睡，我去妳剛才那個房間睡好了，可以嗎？」

藤原瞳背對著我側躺著說：「……陪我，我不敢一個人睡覺。雖、雖然你很討人厭……但……現在也只有你可以陪我睡覺了。」

我不知道為什麼她這種話敢說得這麼自然啊！好像我真的有義務和責任得陪她睡覺一樣啊！果然跟藤原綾是姐妹啊！可是她都這樣說了，總不好意思又拒絕吧？於是我請她拿她身旁的那個枕頭給我。

藤原瞳抓起枕頭，問我：「你要幹嘛？」

「睡地上啊！不然還能怎麼辦？還是說妳良心發現，打算要自願睡地上啊？」

藤原瞳點點頭，把枕頭交給我，然後說了聲晚安後就睡了。

**我實在不懂她生氣的點是什麼啊！我一直以為她跟藤原綾不一樣，結果現在看起來，只要姓藤原，這脾氣好像都怪怪的啊！**

我拿著枕頭、關了燈後，就在床邊的地板躺了下來要睡。

我應該不是第一次強調，其實我現在真的很累，只是因為有太多人跑來鬧我睡覺了，所以才會一直撐到現在還沒睡著。我現在一躺下來，周圍一安靜，本來還想說要思考一下接下來該怎麼辦，沒想到腦子根本沒辦法思考，因為眼睛一閉上，就快要睡死了。

結果，一直到這個時候，竟然還有人要鬧我睡覺啊！

「欸……你睡著了嗎？」

聽到藤原瞳的聲音，彷彿有股力量將我從昏睡的地獄中拉起一般，就好像只要她一該該叫我就會緊張一樣，產生了制約的反應。

我的眼皮馬上又睜開，看著黑暗的天花板，說：「……還沒，怎麼了？」

藤原瞳沒有馬上回答，好像是在思考要說什麼一樣。良久，她才又說：「……你跟韓太妍到底是什麼關係？」

「喔，這個啊……唔，該怎麼說呢……她本來是我們結社的董事長。啊～你們這種大結社應該不會懂啦！反正我們結社的股東是太妍就是了。另外，比較私人一點的關係的話，她是我們的好朋友，也是我們的室友。」

「室友是什麼意思？」

「我們在臺灣的時候買了一層小公寓，大家都住在一起啊！也沒有很多人啦！就是我、妳姐、小靜還有太妍這樣，四個人。」

「那她平常就會跟你這樣……這樣嗎？」

「嗯。」我點點頭，笑了笑說：「不過她比較像是惡意在搞我。她明知道妳姐不喜歡我身邊有別的女孩子纏著我，可她就偏愛這樣做去惹妳姐生氣。反正她就只是覺得好玩而已啦～」

「姐姐不喜歡你身邊有別的女孩子纏著你？姐姐跟你……不是只是社長和副社長這種長官和下屬的關係嗎？」

「呃……對啊。」我點點頭，有點無奈的說：「不過妳姐的脾氣就是那樣吧……我是她的社員，是『她的』，所以她不喜歡別人來跟她搶。嗯，就是這樣吧！」

「……姐姐認為，你是她的？」藤原瞳的聲音有點疑惑的說：「可是……我看她對你的態度好像不是很好，很凶的樣子。」

「嗯，那倒也是。不過別看妳姐那凶巴巴的樣子，沒事對我就是又罵又打的，其實私底下她……好像也沒啥優點，不是啦！我是說，其實她在我真正發生事情的時候，她也會拚了命的來救我。嗯……不管是在【祖靈之界】，還是我因為魔力系統爆炸而快死掉的時候……」

說著說著，我原本以為我和藤原綾之間的回憶，只有那種她打我、扁我、罵我的事情而已，可是越說我就想起越多有趣的故事，以及她為了我所做出的各種努力，甚至是許多時候拚著不要命也要救回我的冒險精神……

一直到這時候我才發現，原來藤原綾已經在不知不覺中，在我的心裡有一個位置了。也一直到這個時候，我才發現都是我在講話啊！於是我問藤原瞳：「對了，妳不是有事情想對我說嗎？一直被打斷，都沒能聽到。妳現在說吧！」

「我想說……算、算了，沒事了……晚安。」

「……喔，嗯……那，晚安囉！」

我不懂，真的不懂藤原瞳到底在玩哪招。不過我實在太累了，所以躺下來的一瞬間就睡著了，究竟不懂什麼也想不出來。

⊕⊕⊕　　⊕⊕⊕

隔天一早，一陣急促的敲門聲打斷了我的睡眠。

「開門啊！佐維哥！有小綾的消息了！」

在門外敲門的人這樣喊著，原來是韓太妍來了。

而一聽到有藤原綾的消息，我立刻跑去開門。門一開，韓太妍緊張的跑了進來，將門關上後，說：「佐維哥，長老那邊有【組織】傳來的消息，都是壞消息。」

「怎麼了？妳就說啊！」

雖然才剛睡醒，但看著韓太妍緊張成這樣，我也跟著緊張起來，趕緊詢問韓太妍到底是怎麼回事。

「首先……美惠子阿姨、小綾和小靜都被【組織】抓去了。」

「咦？」我很訝異的問：「怎麼會？抓美惠子阿姨就好了……對吼，雖然不知道為什麼，可是小綾那傢伙好像也被通緝了啊！還有別的消息嗎？」

韓太妍點點頭，說：「有……【組織】方面說……下個禮拜三，就要針對美惠子阿姨犯下的過錯進行公開審判……長老們推測，最壞的情況，有可能會把美惠子阿姨送上火刑場燒死啊！而且……搞不好小綾也會被牽連到……」

聽到這種壞消息中的壞消息，我和藤原瞳兩個人都不知道要說什麼才好。因為這實在太震撼了！

可就在這個時候，我突然想到昨天晚上那些和藤原綾一起所擁有的回憶，想到藤原綾到底是怎樣對待我，是怎樣為了我一次又一次的出生入死。

現在相同的情況換成發生在藤原綾身上，那我又應該怎樣做？

這還需要說嗎？

「太妍，我知道這樣做很蠢，可是我只能靠妳幫我了。」我搭著韓太妍的肩膀，用我這輩子除了考大學聯考以外，沒有出現過的認真態度看著她，說——

**「我需要妳，把我帶到【組織】大會長．J的面前。」**

# NO.003

# 妖精之都的魔法師

要見到大會長不是這麼簡單的一件事情。或者該說，要不是因為我老闆的老母剛好是【組織】三大會長之一的東方魔法界會長，連要見到三大會長都不是一件簡單的事情。

但眼下情況如此，就算再困難，我也一定要做到才行。

然而一時半刻，我們三人還是不知道該怎樣才能見到大會長。

其實大會長的所在，全魔法界的人都知道，因為【組織】的大辦公室就在英國倫敦。但現在這種情況，就算我們真的去到大辦公室，【組織】也不可能讓我們見到大會長。

我甚至連「不然我們殺進大辦公室找大會長」這種大逆不道的話都說了，也被韓太妍用「這根本就是自殺」來駁回，就知道要見大會長一面有多困難。

這個時候，韓太妍卻好像有點子了。她開心的拍了一下手，說：「佐維哥，或許就是因為現在這種情況，所以要見大會長反而沒有平常那麼困難！」

韓太妍一說，我和藤原瞳都看著她，疑惑的問：「什麼意思？」

韓太妍突然壓低聲音，說：「我有聽說，大會長自己對於這次的事件，立場一直都很搖擺不定。」

聽到韓太妍壓低聲音，我也很配合的跟著壓低聲音，問：「什麼意思啊？」

「我聽說啊！美惠子阿姨是大會長的前女友，而大會長一直到現在都還是很喜歡美惠子阿姨喔！」

「咦？」我和藤原瞳異口同聲的發出了驚訝的叫聲。

韓太妍趕緊用食指抵住嘴脣，要我們別那麼大聲。等我們都安靜下來後，她才繼續說下去：「這好像是真的，聽說就連美惠子阿姨可以當上東方魔法界會長，都是大會長的指示。之後大會長又一直暗中在照顧美惠子阿姨，好像還聽說有人看過他們兩人在臺北成雙入對的從……汽車旅館走出來耶！」

一瞬間從緊張的思考戰略場合，變成驚天大八卦的討論串，我跟著感興趣起來。

「真的假的啊？我是有聽小綾說美惠子阿姨恨死道家的人，就因為被她老公拋棄了不是？欸欸，那假如大會長真的跟妳說的一樣，那為啥美惠子阿姨還不乾脆改嫁啊？」

「這我也不知道啊！可是因為大會長很多時候都私心偏袒美惠子阿姨，所以還聽說西方魔法界有時候很不滿美惠子阿姨……」

「難怪在地牢時，美惠子阿姨跟我說她在開會的時候都會被西方的會長羞辱耶，看來這搞不好也有關係……」

這個時候，一直沒說話的藤原瞳突然開口「欸」了一聲，打斷了我們熱烈的八卦討論。我回頭一看，就看到藤原瞳表情超臭，想必是又不爽我和韓太妍聊得太開心了。

「你們可不可以不要在別人面前一直講別人媽媽的私事啊？真的……很、很過分耶！」說完，藤原瞳別開臉，哼的一聲不說話了。

而我和韓太妍則是面面相覷，趕緊向藤原瞳道歉。藤原瞳本來就超認真，又超注重他們家族榮譽的，現在兩個外人大剌剌的在她面前說她媽媽的八卦，她沒有當場暴走，我覺得已經很客氣了。

總之，既然有人不准我們在公堂之上提人家老母，那我們就不提。我趕緊轉移話題，問韓太妍：「好啦好啦……可是妳說的這些，跟我們要見大會長有什麼關聯啊？」

「嗯，因為啊！如果……」

在要說之前，韓太妍還特地看了看藤原瞳，接著才又壓低聲音說：「如果大會長真的如同傳說中那樣，一直到現在都還很愛美惠子阿姨的話，我猜他一定也不希望美惠子阿姨被公開審判，然後判刑死掉。一定的！所以，他肯定一直在找各種方法來幫美惠子阿姨翻案，而且我相信假如傳說沒錯，他一定會什麼方法都去試一試。」

「所以我們的機會就來了啊！只要我們去到大辦公室，向櫃檯人員說我們有辦法可以解救美惠子阿姨，我相信絕對不用等他們跑流程，搞不好半分鐘我們就可以進去找大會長泡茶了。」

看著韓太妍講得口沫橫飛，一副好像她已經走進大會長辦公室準備坐下來喝茶的樣子，我也覺得這方法好像可行。但還是有點不確定性，於是我又問：「可是，妳怎麼敢肯定大會長一定會這樣做？」

「因為我也會。」韓太妍很認真的看著我，說：「我很喜歡佐維哥，要是佐維哥也遇到了什麼困難，我一定會用盡一切辦法去救你的。」

聽到韓太妍突然這樣講，我又想到昨天晚上的事情，不禁面紅耳赤，害羞的低著頭說：「是、是這樣啊……哈哈……」

「咳咳！」

藤原瞳喉嚨又痛了，發出咳嗽的聲音打斷了我和韓太妍的互動，於是韓太妍決定不再鬧下去了。

說而言不如起而行，既然已經有了初步的戰略方案，那我們就趕緊行動。

換上了韓太妍替我們準備好的衣服，一行人搭車前往機場，轉乘韓太妍替我們準備的私人飛機離開日本。

其實，我曾經以為韓太妍當初跟我說他們結社有自己的飛機只是隨口說說的，結果想不到竟然是真的啊！

⊕⊕⊕　⊕⊕⊕

飛機抵達英國後，我原本還在想我們這樣偷渡入境會不會被抓去關，畢竟我和藤原瞳都沒有任何證件。但韓太妍似乎早有準備，幫我們打理好之後，就送我們到機場出口。

可是，到了這時候，韓太妍卻沒有要跟我們一起走。

「……妳要去哪裡？」我疑惑的問。

「還債。」韓太妍露出一個有點苦悶的笑容，說著。

原來當初在日本的時候，韓太妍想帶我們來英國的舉動被他們結社的其他長老阻止了，為此她還跟他們大吵一架。後來我們之所以能順利來到英國，其實是因為韓太妍把自己當作交易的籌碼，去跟她的「未婚夫」換來的。現在既然我們已經順利抵達英國，那麼韓太妍就該去找那個天道教的少主，履行她的交易了。

韓太妍把一份旅遊指南，包含一些現金以及常用的英文會話手冊交到我手上，「佐維哥，旅館房間和旅費我都幫你安排好了。剩下就只能靠你和小綾妹兩個人了。」

「太妍……我……」面對韓太妍這樣的付出，我已經快要哭了！

但韓太妍只是笑了笑，說：「嘻……佐維哥，其實我有幫你算了一卦。那是一種很奇特的卦象，我從沒看過那樣的情況。所以我相信我的眼光一定很好，佐維哥一定是可以做出大事業的人。去吧！佐維哥，去證明太妍的眼光沒有錯吧！再見了！」

說完，韓太妍就瀟灑的轉身離開，跟前來接她的人一起消失在我的視線中。

告別了韓太妍，我的心情一直都不太好。但韓太妍已經犧牲到這樣的地步，我更是不可能辜負她的心意，所以強打起精神來，逼著自己儘快找到大辦公室的位置，去見大會長一面。

我和藤原瞳先搭計程車來到韓太妍幫忙安排好的旅館。將行李裝備放下之後，我們再走回櫃檯，比手畫腳的向櫃檯說我們需要一輛前往大辦公室的接駁車。當然我不是對櫃檯說我要去大辦公室，但為了能讓大家看得懂，我就不說我是怎樣跟櫃檯說明的了。

大辦公室所在的地方是一棟很歐洲風格的大樓，就是那種紅磚牆、三角屋頂，有點類似中古世紀風格的建築，但又有點接近現代。我也不太會形容，畢竟我真的沒心思把注意力放到別的地方，等事情結束之後如果還有人真的想知道是什麼，我再請導演去找圖出來貼給大家看好了。

這附近的時間像是靜止了一般。

有別於其他地區的繁忙，這裡悠閒得好像自成天地一樣，有點類似【天地之間】的味道。現實世界的眾人在此刻都忙碌於工作，魔法世界的魔法師們也瘋狂於魔女公審，但我剛說的那兩種氛圍，在此處是完全看不到。

有兩、三個騎著腳踏車悠閒的享受陽光的上班族過去了，一個一邊低頭玩著平板電腦、戴著耳機享受音樂的大學生過去了，路邊長椅上有對老夫妻在餵鴿子，不遠處的下午茶咖啡廳飄來的咖啡香味，點綴了這個寧靜的時刻。

就連我也好像受了感染，剛才的緊張像是假的一般，此刻消失得無影無蹤。

走進大辦公室的大樓裡，一進去就會看到一間很大的迎賓廳。雖然很大，但其實擺設很簡單。門口一個不知道可以幹嘛的警衛，櫃檯後面有一個看起來弱不禁風的接待人員，大廳裡連塊招牌都沒有，要不是知道這裡就是魔法世界的中心、【組織】的大辦公室，我還真以為這裡只是普通的公寓大樓而已。

「@＃！（英語）」

剛走進去，那個警衛就走上前來用英文盤問我們。我不懂英文，藤原瞳也不懂，所以我立刻翻開小冊子，想要找到適用的對話。結果此時，那警衛竟然改口用中文說：「不懂英文嗎？」

「咦？呃……是、是啊！」

看著一個歐美人士突然講起中文，我真的有點不知所措。

不過警衛其實滿親切的，看我似乎有點緊張，就笑著說：「呵，跟女朋友來這裡觀光，迷路了嗎？歡迎來到格林威治啊！要去天文臺參觀嗎？」

「咦？不是不是……那個……我、我來找大會長的。」

警衛愣了一下，一瞬間眼神銳利了起來，剛才的親切馬上消失，同時手還貼上他腰際的警棍，瞪著我說：「大會長？你也是魔法師？在這種時候來找大會長？」

不知道為啥，大概是這陣子面對凶神惡煞的歪國人多了，所以警衛一凶狠起來，我反而覺得比較能適應，講話也順暢了起來。我點點頭說：「是的！我要來找大會長。麻煩你跟他說一聲，就說是【神劍除靈事務所】的副社長陳佐維要見他。」

「很抱歉，你不在會客名單內，請回吧。」

「不是，這很重要，是有關藤原美惠子……」

「現在全世界來到這裡的人都說他跟藤原前會長有關係，你又是她第幾個私生子？」

「不，其實我應該算是她女婿啊！」

「這理由也差不多有四百個人用過了，請回吧！大會長有令，除了特定人士以外，不接見閒雜人等。還請你不要讓我為難，不然我動手把你趕出去，場面就很難看了。」

「不是啦，我是真的認識藤原綾……喂！喂！」

就在我還要解釋的時候，一直不說話的藤原瞳突然打斷了我的話，把我拉著往外拖，一邊拖還一邊笑著向那警衛說：「不好意思，我男朋友他腦袋不清楚了，很抱歉打擾了，謝謝你喔！」

警衛拿著警棍，一頭霧水的看著我們離開。

藤原瞳一路把我拖到不遠處的咖啡廳裡，找個位置坐下。我則是很不滿的說：「喂！妳幹嘛啦？都來到這裡了，妳也放棄得太快了吧？」

「我沒有放棄，只是你太激動了，我怕你會受傷。」

藤原瞳冷靜的說：「我相信你一定沒有注意到，那個警衛的警棍不是普通警棍，是有魔力附在上面的，肯定是【組織】的法器。真要動起手來，在人家的地盤你先失地利，又不清楚後面櫃檯那人的實力，我怕你會受傷。」

聽了藤原瞳冷靜的分析，我激動的心情一下子平復了不少。其實剛才那警衛已經作勢要扁我了，要是藤原瞳沒把我拉走，搞不好我就要跟韓太妍之前提醒過的事情一樣，變成那種來找碴卻連屍體都找不回來的灰塵了。

「……謝謝。我實在有點……我也不會講。」

藤原瞳沒有回應我，只是悶悶的別過頭去。

其實自從告別韓太妍後，她就一直是這樣的狀態，已經快要整整一天沒跟我說過話了。要不是剛才她拉走我，我猜她大概還會一直沉默下去。老實講，我真的不知道她在不爽什麼，而且我已經夠煩了，實在懶得理她在那邊耍二小姐脾氣。

但好歹她救了我一次，不把她心情弄爽，總覺得好像很對不起她似的。

「小瞳……不然，我們去走走吧？」

「……隨便。」

於是我們起身離開了座位，跟一般的觀光客一樣到處逛逛。

我並沒有放棄要闖入大辦公室的念頭，只是在無計可施的情況之下，轉換心情也不失為一個好主意。然而晃了半天，我只覺得這好像在虛度光陰，越晃反而越悶，最後乾脆回到飯店關起門來，躺在沙發上思考。

都來到門口了，結果還是什麼都辦不到嗎？韓太妍都這樣幫我了，難道要因為我的無能為力，讓一切的努力都白費嗎？

一想到因為我的無能而讓努力都白費，我就覺得很難過，甚至想過乾脆衝回大辦公室門口轟轟烈烈戰死！只是轉念又一想，要是我真的就這麼戰死，所有的努力才真的白費。

藤原瞳走進房間，一看到我躺在沙發上，就叫我坐好。我當然沒理她，現在的我只希望能夠安靜的思考事情，她最好不要來煩我。結果她看我不理她，乾脆走到我頭部的位置，然後轉身一屁股就坐了下來。

這舉動嚇了我一跳，我趕緊坐好，吃驚的看著她說：「妳幹嘛啊？」

「躺。」

藤原瞳指了指她的大腿，示意我使用它來當枕頭躺下去。但我哪可能做這種事情啊！

我搖搖頭說：「別鬧了啦！我現在真的沒心情陪妳……」

我話還沒說完，藤原瞳突然湊過來抱著我的頭，然後用一個親吻把我的話全部吞了下去。我趕緊推開她，抹抹嘴巴說：「喂！妳、妳幹嘛啊！我現在……」

「我知道，所以過來。」藤原瞳表情平淡得像是什麼事情都沒發生過一樣，依舊坐在原位，指了指自己的大腿，說：「躺，不會害你的。」

我很尷尬的又坐了下來，但說什麼也不好意思直接躺下去。結果藤原瞳看我猶豫，竟然直接出手把我硬是壓到她大腿上。

她低著頭，先伸手將垂下的細長黑秀髮勾到耳後，接著才溫柔的撫摸著我的臉龐。雖然她的表情還是有點不爽，但隨著她的撫摸，我總覺得心靈平靜了下來。她低聲的用日語吟唱著帶著魔力的祝禱詞，優美的歌聲讓我的心靈得到完整的釋放，這些天隨著時間不斷逼近而增加的壓力，也在此時消散得無影無蹤。

「你這樣一直把事情都往身上扛，遲早會垮掉的。」藤原瞳的表情變得很溫柔，剛才的不爽好像都是假的一樣。她低頭輕撫著我的額頭，看著我說：「還有時間，你不要把自己逼得太緊。我會一直在你身邊陪著你面對的，就跟姐姐、還有太妍姐姐一樣，她們做得到的事情，我也可以。就算要與全世界為敵，我也會跟著你走到最後。」

「所以，現在，睡吧！好好的讓自己休息一下吧！」

說也奇怪，在藤原瞳說完這一大串之後，我竟然感到昏昏欲睡，最後就這麼睡著了。

這一覺我睡得非常安穩，眼睛閉上再睜開時，就已經天亮了。

我坐了起來，回頭一看，看到藤原瞳在床上熟睡的樣子，又想到昨天晚上她對我所說的一切。到現在我才終於想到，同樣面對著這件事情，她緊張和擔心的程度不比我低，甚至可能比我還緊張。要知道，那可是她的媽媽和姐姐啊！她怎麼可能不緊張呢？

但是由於她對世界魔法師情勢的不了解，所以來到這人生地不熟的英國之後，就只能跟著我的腳步往前走。

難怪就算要與全世界為敵，她也會陪著我了……

「咦？」

想到這裡，我突然有了一個絕對可以說服大會長來幫我解救美惠子阿姨的方法了。我再努力的把這方法編織一下，發現這方法雖然瘋狂了些，但絕對可行！絕對有機會可以逆轉現在這種對我們毫無勝算的情況。

我越想越高興，立刻跑去床上，把藤原瞳推得醒了過來。

「唔嗯……」被窩裡的藤原瞳睡眼惺忪的醒了過來，一看到是我，就坐了起來，揉著眼睛問：「……醒了啊？」

「哎唷！我想到了啦！我有辦法可以說服大會長了啦！」我開心的搭著藤原瞳的肩膀，興奮的說：「我可以救妳媽媽和姐姐了！哇哈哈哈哈！」

藤原瞳被我晃了好幾下，不醒也被我晃醒了。她搖搖頭說：「哎唷，你、你冷靜一點啦……會、會暈的啦！」

「呃嗯……啊哈哈～哎唷，我太開心了嘛！想了好幾天，終於想到辦法可以說服大會長了，忍不住才會這樣。」

藤原瞳有點無奈的笑著，說：「是這樣的話，我也很開心。不過，是什麼辦法？」

「就是……唔，反正是妳昨天對我說的那些話給了我啟發，我才會想出來的啦！」

我其實本來就要說出方法了，只是我覺得要是我在這時候說出來，她搞不好會給我一拳把我揍倒，要我冷靜點再想點別的辦法，所以只好打哈哈的帶過去。

藤原瞳又呆了一下，一向精明能幹的她在剛睡醒的時候似乎腦子還不太好使，思考了片刻，才點點頭說：「……所以，你懂了我的意思？」

我也點點頭，很認真的學著他們日本人的跪坐坐姿，坐在她面前說：「我懂了妳的意思！我只顧著自己往前衝，一直忽略妳的感受，是我不好，害妳擔心了。」

藤原瞳的臉一下子染上了緋紅，低著頭說：「也、也沒有啦……只是……哎唷……」

「好啦好啦～事不宜遲，我們別再拖時間了。趕快洗臉刷牙，我們去找大會長吧！」

「嗯嗯……等等！」

藤原瞳原本滿心期待就要去洗臉，但好像想到什麼似的，馬上改口說：「那，你有想到該怎麼進去找大會長了嗎？」

我已經下了床，聽到藤原瞳的話則突然愣住。

靠盃！剛才一瞬間想到那個必殺技太high，結果我反而忘記更重要的事情啊！行俠仗義卻連門都進不去，那還搞個屁啊！

我想了想，還是點點頭，笑著對藤原瞳說：「……妳放心！包在我身上吧！」

藤原瞳一臉放心不下的樣子，最後嘆了口氣，點點頭下床去盥洗。

我們雙雙盥洗完畢，就下樓去櫃檯申請接駁車，儘快趕到大辦公室。

⊕⊕⊕　　⊕⊕⊕

這裡還是一樣的悠閒，大辦公室也好像剛睡醒一樣的輕鬆。我和藤原瞳一前一後的走進大辦公室，果然，昨天那個警衛又走過來了。

有了昨天的經驗，這傢伙竟然直接將警棍抽出來，看來是不打算跟我們廢話了。

我站了出來，用身體擋著藤原瞳，瞪著警衛說：「我不說第二次了，我要見大會長，要就幫我們帶路，不然就閃開讓我們過去。」

「說過了大會長不會客！請回吧！」

「看來是要逼我出手了……」

其實在說這話的時候，我全身都在發抖啊！我沒帶軒轅劍，也肯定打不贏這凶神惡煞般的警衛，可是我唯一想得到的辦法就是把他打倒然後闖進去找大會長，相信大會長會幫我解釋一切的。可是，我真的很害怕啊！我怎麼可能打得倒他啊！

但我又想到，要是我連警衛都打不倒，我所想出來的要說服大會長用的必殺技，不就跟廢話一樣？

於是，我運起軒轅心法壓下心中的恐懼，大喝一聲，就準備要主動出擊了。那個警衛也不是省油的燈，一看到我要動手，馬上舉起警棍朝著我打下來。結果那根警棍突然不自然的往旁邊飛走，直到沒入大廳的牆壁裡、只露出一節小小的棍頭為止。

「咦？」

我吃驚的回頭一看，就看到一直沒有說話的藤原瞳此刻右手平舉，手掌間還有淡淡的紅色光芒。

「如果這就是你想了一個晚上才想出來的辦法……」藤原瞳把手收了回去，對我露出漂亮的微笑，說：「那我也會陪你到最後，就算是與全世界為敵我也不怕。」

真的不能不說，在這一刻我感覺全身熱血沸騰，勇氣百倍啊！就好像一瞬間有人幫我下了超有節奏感的背景配樂一樣，我立刻對著那警衛衝了過去，打出「軒轅劍法・曜日」，將我的靈氣集中在劍指的尖端，準備一擊打倒那名警衛……

「……啪嘰。」

「啊啊啊啊啊啊啊啊——！」

就在我快要戳到警衛的時候，突然一個嬌小的身影竄到警衛面前，昂然挺胸讓我戳了下去。我用力一戳的結果，竟然像戳到石頭一樣，直接造成我的食指和中指呈現了詭異的歪曲啊！痛到我馬上就用左手抓著右手，滾到一邊去大吼大叫了。

「佐、佐維！」藤原瞳焦急的喊著我，但馬上就對著那突然竄進來的人影說：「可惡的女人，看我怎麼教訓妳……咦？」

聽到藤原瞳「咦？」了一聲，我忍著痛轉頭看過去，發現藤原瞳似乎全身動彈不得，像是有無形的枷鎖上套在她身上一樣。能在來自封印術大師結社的人身上，施下這種連被害者都不知道啥時中招的封印術，對方來頭肯定不小。

幹！太莽撞了嗎？韓太妍說的果然是真的嗎？大辦公室就這麼臥虎藏龍啊！連警衛都強得亂七八糟啊！

「呼……幸好來得及。」

扭曲的手指讓我痛得眼淚都飆了出來，在地上滾來滾去，此時卻突然聽到一句感覺似乎有點慶幸意味的話語，然後有道嬌小的身影靠近了我、蹲了下來。

「妳、妳這妖女想要幹嘛！」

淚眼汪汪的我根本看不清走近的人長得啥模樣，只聽到藤原瞳緊張的尖叫聲。在我還未反應過來前，那人突然出手把我滾來滾去的身子固定著，接著另外一手把我受傷的右手硬是拉了過去，再順勢往我的手指一滑，我突然感到一陣清涼的感覺沁入手指裡頭，然後我的手指就不痛了！

**……可是它還是歪的啊！**

手指不痛了之後，我這才看清楚來救我的人是誰。她有著一頭漂亮的金髮，雪白的肌膚和湛藍的眸子。雖然叫什麼名字我已經忘記了，但我知道她的稱號。

「……大德魯伊？」

「是大薩滿啦！笨蛋！」

來的不是別人，正是之前跑來說要調查我、結果卻突然想殺死我，最後又被我用嘴炮唬走的大薩滿——貝兒．伊雷格。

貝兒說她是因為剛才在吃午餐的時候，意外碰上我們結社的韓太妍，聽了她的請求後立刻趕來這邊幫忙的。也幸好讓她趕上，才得以免去一場干戈。但聽到又是韓太妍在後面幫忙，我心裡又更複雜了一些。

我們跟著貝兒的腳步走進了櫃檯旁邊的電梯，然後貝兒按下緊急聯絡按鈕，電梯就上升了。不要問我為什麼這樣電梯會上升，只能說魔法太神奇了。

走出電梯後，貝兒領著我們來到一間辦公室的門口。

「這裡就是大會長的辦公室了。」貝兒笑著說：「大會長雖然長得很可怕，可是人其實很好！你們有什麼問題和請求，跟他說清楚吧！但還是要記得禮貌喔！貝兒還有其他的事情要準備，就先走一步囉！」

說完，貝兒就用「瞬間移動」的方式離開，一點痕跡也沒有留下來。這把戲雖然我不是第一次看她用，我記得她上次也是這樣消失的，但再看一次還是覺得她果然強悍得亂七八糟。

我和藤原瞳對看一眼後，深呼吸一口氣，伸手推開了辦公室的門。

門後面是一間很雜亂的辦公室，地上、桌子上到處都是散落的古書。而辦公桌後面，還有一個正在埋首於古書中的男人。

這個男人，正是魔法師世界之王、【組織】大會長——J。

「雖然你們沒有按照正常的步驟申請來見我，但既然有貝兒幫你們帶路，而且你們嚴格說起來也還是我們【組織】正在尋找的通緝犯之一，那我就把那些俗禮放在一邊，先來聽聽你們的要求吧。」

大會長把古書放下，用他那可以看穿靈魂的銳利雙眼盯著我們，說：「然後，我希望，你們不是來浪費我的時間的。」

我嚥了口口水，用軒轅心法按捺著自己狂跳不已的心臟，才說：「大會長……我想說的是……是有關美惠子阿姨的事情……就是，有關後天那個、那個審判的事情……」

大會長點了點頭。

他輕輕嘆了口氣，用手撫平夾緊的眉頭，慢慢的說：「我沒辦法阻止這件事情。」

大會長感覺一瞬間老了十歲，他很無奈的繼續說：「你們知道這些天來，我看了多少魔法史書嗎？你們知道我看到了什麼嗎？我看到了很多過往的判例，唯一看不到的，就是希望。」

他另外一手緊緊的握拳。

「我真的不想要這樣……可我是大會長，不只是艾瑞克……我必須要下這一連串的命令。」大會長閉上眼睛，苦笑著說：「我猜你們也是來求我阻止審判的，不過我只能誠實的告訴你們，我辦不到。」

我感覺得到大會長他的難過，甚至我懷疑要是我不在這裡，他搞不好會哭出來。要放棄一件自己不想放棄的事情，沒有那麼容易，然而情勢所逼，他真的不得不這麼做。

「幾年前在臺灣有首歌很紅，那個歌手的字典裡沒有放棄。我想大會長你也不要放棄得太早。」

或許是因為大會長的示弱讓我覺得他平易近人了不少，也或許是他刻意降低對我的敵意，總之，我對他的害怕已經不見了。

「我有辦法可以阻止審判……或者該說，完全逆轉這次的情況。只是，我需要大會長你的幫忙。」

大會長睜開眼睛，疑惑的看著我。不只是大會長，就連藤原瞳此刻也好奇的看著我，想知道我到底想出了什麼辦法。

大會長平淡的命令道：「……說。」

「其實，美惠子阿姨不是想要引發世界毀滅的凶手。」我很認真的對大會長說出我的想法。

這個想法很瘋狂，就連在向大會長訴說的時候，我自己也在發抖。

「美惠子阿姨是發現世界即將毀滅的先知。她早就知道世界會毀滅、黑龍會現世，所以她才要找個有辦法阻止這件事情的人，去拔出封印在【天地之間】的軒轅劍，然後打倒即將毀滅世界的黑龍。而那個有辦法打倒黑龍的人，就是我。」

大會長很認真的看著我，像是在思考我所說的可行性。但他很快的搖搖頭，說：「假如是這樣，你又有什麼辦法可以證明你能夠阻止這件事情？或者說，打倒黑龍？要知道，現在黑龍根本連個影子都沒有。甚至在你跟我說之前，在美惠子向我說明事情原委之前，在貝兒提出要調查這件事情之前，我根本沒聽說過什麼黑龍。」

「所以我需要大會長幫我兩件事情。這兩件事情也只有大會長可以辦到。」

「說。」

「首先，我需要大會長向全世界的魔法師宣布，這個地球即將毀滅，原因就是那條大黑龍。」

大會長猛地坐直，瞪大眼睛看著我說：「你知道這會造成什麼結果嗎？」

我搖搖頭，說：「我不知道，我也不想管。不過，如果你也想救美惠子阿姨，就必須要說。反正你現在不說，遲早那黑龍也是會現世的。我沒有辦法證明給你看，但我就是知道。不然你去問那個大薩滿貝兒，她當初就是感覺到這件事情才會去找我，才會引發現在的一連串事件。這些，你都是知道的。」

「嗯……」大會長點點頭，說：「為了不要讓世界的秩序崩壞，通緝美惠子的原因只說是她想要引發世界毀滅，並沒有說這個毀滅已經在進行，知道這件事的人其實也不多……不過，的確如你所說，這事是遲早要說的。好，這我可以辦得到，但然後呢？」

大會長語氣一轉，嚴肅的問我：「你要怎麼證明你可以打敗黑龍？我們無從估計黑龍的威力到底有多恐怖，也不是那麼容易就可以找到類似的妖魔鬼怪讓你打倒的，這點我猜你應該也很清楚才對。」

我點點頭，說：「所以我需要大會長幫我的第二件事情就是……請大會長幫我找個熟悉全世界魔法的魔法師。」

「我就是。」

「啊？」我疑惑的問：「可是大會長不是號稱……『不使用魔法的魔法師』嗎？」

大會長看我一副疑惑的樣子，笑著說：「那是因為我的作戰方式……我也不怕你知道，其實我有完全記憶能力，只要看過的就絕對忘不了。過去我常常環遊世界，到處去追求深奧的魔法知識、禁書等等。雖然我不使用魔法，但我比任何一個魔法師都還要熟悉魔法，所以也有人叫我……『魔法禁書目錄』。」

**我才想說我是幻想殺手咧！結果真的來一個禁書目錄是怎樣？為什麼人家的禁書目錄是個超萌的修女，我們這棚的禁書目錄是個歪國中年男子啊！當科學與魔法相遇的時候，故事就要展開了嗎？**

「看你的表情，我大概知道你在想什麼。呵呵……當初那部小說上市的時候，朋友有給我看過。」大會長笑了，說：「結果害我一口氣陷入了二次元的世界裡……我也很羨慕那男主角的……好啦！不要離題了，現在最重要的是，你要我替你做什麼？」

「喔、喔……嗯……我需要大會長幫我研究我的軒轅劍。」

我深呼吸了一口氣，因為這個計畫最瘋狂的部分終於要說出口了。

「我知道軒轅劍的能力到現在還沒有完全的解開……但光憑它現在的威力，我就已經成功的保護過很多人了。所以我猜軒轅劍的力量完全解開的話，可能是……反正既然黑龍厲害得這麼誇張，那唯一能對抗他的軒轅劍，應該也不可能太鳥……所以我需要大會長幫我研究這把軒轅劍，把它的力量完全解開。」

「因為現在找不到黑龍可以讓我打倒，我沒辦法證明我是唯一可以打倒黑龍的人，就算我們說得多誇張，我猜那些魔法師也不會相信，因此我們只要證明一件事情就夠了……那就是我到底有沒有資格可以拯救世界，所以……」

我伸出右手，貼在自己的胸口，看著大會長很認真的說：**「我要一個人，單挑全世界的魔法師！」**

NO.004

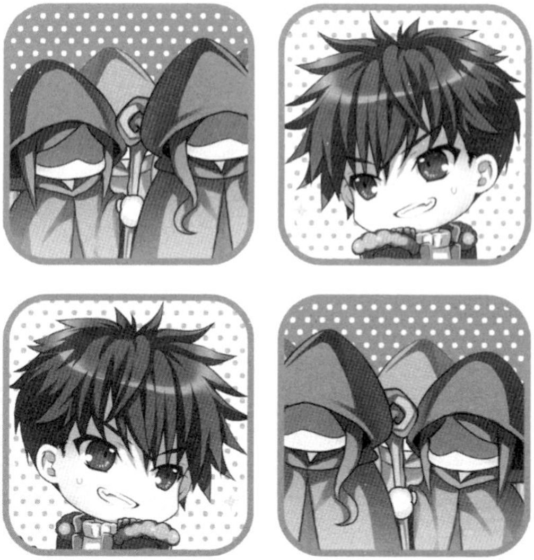

# 繼承了軒轅劍的魔法師

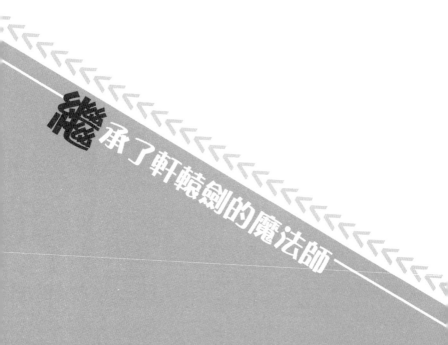

大會長的動作很快。在我提出了這樣瘋狂的舉動之後，下午他就向全世界發出了邀請函，並且在大辦公室附近租借了一個私人會館，然後把宣布會的日期定在隔天。

也因此，我向他說了我很想見見藤原綾她們的要求。

「去吧。」大會長把兩支鑰匙交到我手上，但我才剛摸到鑰匙的那一瞬間，就聽到「啪嘰」的小聲音。可是大會長好像沒有聽到，自顧自的說：「她們被我用封印術囚禁起來，只有這兩把同樣用封印術打造的鑰匙才可以開門……」

「呃，大會長，這兩把鑰匙上面的封印好像……」我抓抓頭，不好意思的說：「好像被我弄破了耶……」

大會長愣了一下，然後搖搖頭，很無奈的說：「美惠子有跟我提過你的能力……算了，你千萬不可以把她們放出來，知道嗎？」

「啊哈哈~當然啦！」我點點頭，說：「我辦事你放心，那大會長，我和小瞳就先走了喔！」

「嗯。」

告別了大會長，我和藤原瞳按照大會長所說的指示，前往囚禁藤原綾和公孫靜所在的房間。但就在我們快到的時候，藤原瞳卻停下腳步。

「怎麼了？」我也停下腳步，問。

「……你自己去吧。」藤原瞳低著頭，小聲的說著。

「咦？可是，妳不是也很擔心妳姐？」

「我……我很擔心，可是……」藤原瞳把頭抬起來，神色很複雜的看著我，說：「可是我也不想……看到你跟她在一起的樣子。」

「咦？」我抓抓頭，完全不懂藤原瞳說的到底是什麼意思。

但藤原瞳也沒打算解釋給我聽，她擠出一個笑容，說她會在旅館等我後，就轉身跑掉了。我聳聳肩，沒把藤原瞳這詭異的舉動放在心上，而是轉身繼續朝著藤原綾她們所在的方向走去。

走到囚禁藤原綾的房間外面，我伸手要去觸碰那扇門。但就在要摸到門的時候，我又把手收了回來。

門後面就是藤原綾耶……不知道為什麼，只要一想到這件事情，一想到我即將可以看到藤原綾，我突然覺得……有點緊張。

所以我回頭先去找公孫靜了。

公孫靜的房間在藤原綾的對面，面對這扇門我就比較沒那麼緊張。大概是因為公孫靜不會扁我，藤原綾卻老是扁我的關係。

輕鬆的解開了門上的封印，我輕輕的推開門。映入眼簾的，並不是什麼簡陋的牢房，而是一間高級的個人套房，有一張大床，還有各種家具。而公孫靜則是閉著眼睛，穿著一身素白，在床上打坐。

聽到有人開門，公孫靜才慢慢的睜開眼睛。她一看到是我，整個人就愣住了。

「……老公？」

「嗯啊！」我抓抓頭，不好意思的說：「我來了，呵呵噗啊！」

我話才剛說到一半，公孫靜立刻飛撲過來把我撲倒！這招不是韓太妍的專利嗎？妳怎麼也學起來了啊！

但公孫靜把我撲倒之後，卻是在我懷裡放聲大哭。她哭得好傷心好難過，但又笑得很開心很幸福，這兩種極端的情緒混雜在她身上，又化為一朵美麗的清香白蓮。

「老公……嗚……我好怕再也看不到你了……」公孫靜哭著說道。

我笑了笑，輕輕的摸著公孫靜的秀髮，安慰著說：「乖啦……老公不是好端端的在這邊嗎？」

沒過多久，公孫靜的情緒穩定下來了，她才說自從被抓來這邊後，由於特殊結界或者跟我相距太遠，總之她完全沒辦法藉由靈氣的聯繫來確認我的生死，所以她一直很擔心害怕我的情況。好幾次她都很後悔當初讓我一個人離開的決定，也好幾次被我死掉的惡夢驚醒，可以說是吃不飽也睡不好。

要知道，公孫靜本來就是一個大美女啊！大美女柔弱的在你懷裡哭著說這些，真的會讓人很傷心啊！當下我還真想把害她這麼傷心的混帳抓出來痛扁一頓，要不是因為那個混帳就是我自己，我真的會這麼幹的啊！

我沒在公孫靜這邊停留太久，因為我還有要事要辦，只跟她說我會想辦法救她離開後，我就離開了。

有了公孫靜的經驗，讓我也對藤原綾那邊充滿了幻想。待會一進去，我家那刁蠻社長搞不好也會撲到我身上哭哭啊～想到這一千萬年也不見得會對我好一次的社長或許會有這樣的激情演出，我心情一下子莫名的好了起來。

就這樣，我帶著如此愉悅的心情開了藤原綾的門。

「王八蛋！那時候在日本竟然敢把本小姐丟給別人？想死了是不是啊？」

嗚哇！跟想像的完全不同啊！藤原綾真不愧是藤原綾啊！一看到是我，馬上就衝過來給我一拳啊！不是愛的擁抱，是他媽的給、我、一、拳啊啊啊啊啊！

藤原綾把我揍倒之後，才把我拉起來緊緊的擁抱。但她沒有哭，也沒有像公孫靜那樣說她很想我，只是靜靜的抱著我，好像深怕一放開我，我又會不見了一樣。

這讓我不自覺的也伸手去抱著她。

我很少抱藤原綾，或者該說，我幾乎不可能也不敢去抱她啊！那根本就是非死即傷的大逆不道的行為舉止，我愛惜生命我遠離藤原綾啊！

但現在這麼一抱我才發現，我家那個不管個性脾氣還是嘴巴都找不出一個優點的社長，其實不過只是一個普通的女孩子而已。

**一個很嬌小、脆弱，一不小心就會受傷的，女孩。**

「我、我還有事情，我要去準備準備！」

該死啊！藤原綾怎麼這麼可愛啊？難道我前幾天意外發現的，藤原綾在我心中有個位置的事實，其實不只如此……

**難道這個藤原綾在我心中的地位……比我想像的還高？**

藤原綾放開了我，有些疑惑的問：「你要準備些什麼？」

「我、我是來這救妳和小靜還有美惠子阿姨的……那、那個我要先去準備一下……」

「你？救本小姐？這句話我有沒有聽錯啊？」

「妳沒聽錯啦！」我趕緊往後退，因為我覺得只要再多看藤原綾一眼，我就會更加確認那份奇怪的心意代表的是什麼。退到門邊，我滿臉通紅的說：「我、我會救妳們回家！

請、請相信我!真的!」

說完,我卻沒有把門關上,但我也不敢看她。我甚至覺得藤原綾肯定會笑得不支倒地、說我不自量力。

但是她沒有。

「嗯。」藤原綾走到我面前,露出一個從我認識她到現在,我所看過的最甜美的笑容。她說:「我家副社長難得會這麼對我說,那本小姐就相信你一次。公主本來就是該給王子救的呀~」

這讓我完全看呆了。

藤原綾怎麼會這麼美?為什麼啊?沒道理啊!

「雖然這個王子比我想像中的還遜,不過有總比沒有好。快滾吧!」

說完,藤原綾一腳把我踹出門外,然後用力的把門關上。

而這一天,我就被藤原綾的可愛魔力震懾到,整天都不知道自己在幹嘛了……

⊕⊕⊕　⊕⊕⊕

隔天，大辦公室附近有了很明顯的不同。

雖然本來就有許多魔法師為了要親眼看看很久沒舉辦過的「魔女審判」而聚集於此，但他們多半也是躲在旅館睡覺或者去景點觀光，平常並沒有出現。

可現在不一樣，在大會長發出了邀請，今天所有的魔法師統統登場，光是氣勢就可以把人嚇死。

我帶著軒轅劍坐在大會長的辦公室裡，看著底下黑壓壓的人群，心中的緊張指數不斷上升中。

「不要太緊張。」像是看穿了我的緊張似的，大會長輕咳兩聲，說：「你還沒去到現場呢……這樣子是要怎麼讓我相信你昨天跟我說過的話呢？」

我抓抓頭，不好意思的說：「對不起……我……」

「不過我相信。」大會長聳聳肩，說：「昨天聽你說完之後，我就針對你那把軒轅劍做過一次調查，當然也把你吩咐的事情都辦好了，最快今天下午，我們就能進行我們的計畫。說真的，你手上的那把武器對整個魔法界來說，就是一個傳說。也因此，我相信你說的。」

其實我聽不懂大會長在說什麼，但他說的話也是在替我打氣，於是我笑了笑，點點頭表示感謝。

「不緊張了就好，我們下去吧！」

跟在大會長的身後，我們兩人從大辦公室旁邊的小路走到那個私人會館裡面。這裡已經被布置成大演講堂，很明顯就是要讓人上來宣布什麼重要事情用的。

大會長領著我一路走到臺上。臺下的魔法師們看到我們上臺，原本如菜市場一樣的喧鬧場合，一瞬間鴉雀無聲。

大會長先看了看我，要我在旁邊的椅子上坐著稍後，等他 cue 我時，我再出去就好。然後他逕自走到麥克風前面，開始說話。

「各位魔法師前輩、同胞們，午安。我是【組織】大會長．『不使用魔法的魔法師』．J。」

大會長其實是說英語，不過現場有各種語言的同步口譯，當然也包含中文版本，所以我聽得懂他在說什麼。

「相信各位都知道，最近魔法界發生了許多大事。其中最嚴重的、影響範圍最廣的，就是前【組織】東方魔法界會長．藤原美惠子的通緝令。關於這位意圖想要引發世界毀滅危機的魔女，我們魔法界發布了全球通緝令，並在最短的時間將魔女捉拿歸案。而明天，就是魔女的公開審判。我想在座有很多魔法師，在接到我發布緊急召集令之前便已經來到此地，就是為了明天的公開審判吧？」

大會長笑了笑，然後繼續說：「不過，最近我接到了一個情報。隨著我們大辦公室的追查，我們發現這個情報所指出的事情是千真萬確的。現在我將這件事情公開讓各位知道，但也請各位不要騷動，平心靜氣的聽完我要說的話，好嗎？」

想當然，臺下那群黑壓壓的魔法師們並沒有回話。大會長點了點頭，慢慢的將事情說出來。

「事實上，我們的世界即將毀滅，這並不會因為我們審判了魔女而停止。沒錯，各位不要驚慌，我們的世界正面臨有史以來最大的威脅，而這個威脅，會將使得我們的世界完全毀滅。」

大會長宣布完這件事情之後，臺下果然炸鍋了！一下子眾人的聲音滿了出來，完全沒有把大會長剛才所說的要平心靜氣聽進去。

在大會長一連說了好幾次安靜之後，臺下才終於安靜下來。大會長笑著回頭看了看我，對我用中文說：「佐維，剩下的事情就交給你了。你來把你當初跟我說過的事情，說給他們聽吧！」

一被大會長點名，我整個人像觸電一樣站了起來，好像椅子有通電似的。同時，臺下的人再度議論紛紛了起來。我感覺好像有千千萬萬道視線正盯著我看，那種壓力真的會讓人喘不過氣，難怪那些歌手在唱完一場演唱會之後會流這麼多汗……我都還沒講話，就已經覺得汗流浹背了。

我如機器人般的，同手同腳的、超級緊張的往舞臺前面走去。甚至因為太緊張了，我還不小心絆了自己一下，差點就在幾萬人面前跌個狗吃屎。

好不容易走到大會長身邊，他輕輕的拍了拍我的肩膀，沒用麥克風，在我耳邊小聲的說：「把你當初對我說的事情全部說出來吧！我會在你後面挺你的，去吧！」

我點點頭，僵硬的接過麥克風，傻傻呆呆的站在舞臺前，看著臺下幾萬個面孔，腦子裡一片空白。

我運起軒轅心法，壓下心中的恐懼，嚥了口口水。

大會長已經幫我把前言講完了，把舞臺準備給我了，能不能救美惠子阿姨和藤原綾，就看我今天的表現了。

「來、來自世界各地的魔法師們……大、大家好。」

我小小聲的在麥克風前開口，但隨著麥克風傳輸出去的音量，還是清楚的傳進會場內每個魔法師的耳朵裡，當然，也有人同步將我的話翻譯成各種語言。

「我是【神劍除靈事務所】的副社長……我叫做陳佐維。很、很高興今天能站在這裡……也、也很感謝大會長幫我準備了今天的舞臺……呃……我……我想說的不是那個啦……我、我想說的是……大、大會長剛才說的，這個世界即將毀滅的事情……是真的。」

我再度深呼吸一口氣，發現臺下眾人似乎很專心在聽我說話，加上軒轅心法的作用，我膽子也變大了起來，說話也逐漸順暢流利了。

「那是一條上古時代就存在的大黑龍，他會把他看到的一切都破壞殆盡。在幾千年前，他被我們中國人的祖宗——軒轅黃帝在一場大戰中打敗，並且封印至今。然而……隨著時間的流逝，封印的力量也逐漸消退。沒錯，當年那條造成世界危機的大黑龍，已經快要甦醒，再度造成世界毀滅的危機。」

「而我要跟各位所說的事情，其實也很簡單……大家之前追捕的對象，藤原美惠子小姐……我都叫她美惠子阿姨啦！啊哈哈……我是說，其實美惠子阿姨並不是各位所想的，是想要毀滅世界的狂人。認識她的人應該都知道，美惠子阿姨是好人！為了魔法世界，她一直都很努力……」

我抓抓頭，深呼吸一口氣，說：「其實應該反過來。美惠子阿姨不但不是想要毀滅世界的狂人，她反而是一位比在座各位都還厲害的先知。她是我們這群人之中最早發現這件事情，並且試著去阻止的人。她知道黑龍的封印會崩壞，於是搶先眾人一步，找出當初可以擊敗黑龍的軒轅劍，並且找來一個可以使用軒轅劍打敗黑龍的人，秘密的培養著。」

我伸出一手，貼在自己的胸口，說：「我就是那位在這世界上唯一一個可以使用軒轅劍打敗黑龍的繼承者。」

「你們可能會覺得我這樣空口說大話無憑無據，也許只是想要幫你們口中的魔女脫罪，想說只要我這樣講，你們就會放過美惠子阿姨。其實沒錯……我並沒有辦法證明我是唯一可以打倒黑龍的人……但我可以證明，沒有我，你們絕對打不倒黑龍。」

「所以，我要向在場的……不對，我要向所有的魔法師，不管你在不在場，我要向你們發起魔法決鬥的邀請。我要一個人，挑戰全世界的魔法師……而且我還會把你們全部都打倒！」

NO.005

# 聚集在一起的魔法師

倒數一個禮拜——

在那場差點引發暴動的宣布會之後，一個來自東方鬼島小國的默默無聞的剛出道的年輕魔法師，向全世界的魔法師發下戰帖，約戰一個禮拜後同一地點。這在一瞬間成了魔法世界最大的大事。

有人對這件事情嗤之以鼻、不屑一顧，有人誠惶誠恐、深怕有詐，但更多的，是對這個瘋狂的年輕人所點燃的戰火感到不滿的情緒。

就憑你一個沒有經歷、沒有戰績，踏進魔法界才半年的人，有什麼資格可以跟我們這種隨便都屹立超過幾百年的古老結社相提並論？更遑論是打倒我們？

類似這樣的不滿情緒，以那場宣布會為圓心爆炸，拜現今科技發達之利，兩個小時不到，就澎湃了整個地球。

短短六小時，陳佐維這個名字，眾所皆知。

……然後十二個小時過去，我已經不敢踏出大辦公室一步了。

雖然魔法決鬥這個傳統古老的習俗，是很神聖的儀式，約定好的時間是什麼時候就得什麼時候對決。加上大會長也很挺我，明令要是有人敢破壞規定，絕對要他不得好死。但他們不敢動我，光用眼神就快把我瞪死啦！

也因此，在我決戰全世界魔法師之前，這寶貴的一個禮拜時間絕對不可以白白浪費！

所以，我很快就在大會長派來的人的帶領下，和公孫靜一起前去大會長安排好的地點，要進行軒轅劍靈氣的開發。

我原本以為是要回去大會長的個人辦公室，結果不是。帶路的魔法師領著我們走進電梯，然後按下了地下一樓的按鈕。電梯很快抵達目的地，我們三人一起走了出來。

地下一樓和地上的設計不同，這是一個很大的空間，整層打通，非常明亮。要不是地上沒有畫停車格，其實有點類似沒有停進半輛車的地下停車場。

在如此寬廣的地面上，卻畫了一個大魔法陣。在地下室正中央，大會長雙手插在口袋裡，背對著我們，和一群人像是在爭論什麼一樣。而我的軒轅劍，就插在魔法陣的中央。

「……老公……這裡是哪裡？」

「嗯？喔，這是【組織】的大辦公室……不是啊！妳不是早就被抓來這裡了，怎麼妳不知道嗎？」

公孫靜搖搖頭，緊勾著我的手，東張西望的說：「不是那個意思……可是這裡的靈氣流動，跟【天地之間】封印軒轅劍的山洞好像……好熟悉。」

其實我感覺不出來，但我猜她說的應該不會錯，畢竟人家在那山洞裡面住了好幾年。而且應該是大會長刻意安排的，只是想不到短短半天，他就可以重現那個山洞的情況，果然是高手。

只是，在跟大會長爭論的人到底是誰啊？

「我不管你什麼魔法界不魔法界的規矩，我的孫女清清白白，做事情奉公守法，不可能作奸犯科！不把她放了，還想要我幫你？看我不打瘸你才怪！」

走近一點，一個氣沖沖的老太婆揮舞著手腳，非常不禮貌的對著大會長嗆聲。而且若不是身邊幾個年輕人抓住她，那老太婆會直接衝去海扁大會長了。

「規矩就是規矩……公孫族長您這樣我很為難……我已經下令讓公孫靜小姐在這段時間可以在這裡暫時自由行動……」

對比老太婆的咄咄逼人，大會長說話倒是很客氣。只是老太婆還是很不滿，直嚷嚷著：「什麼暫時？我好好一個孫女跑來這裡是讓你們這樣糟蹋的嗎？快把小靜放了！不然我就是把這地方翻過來，也要把她……」

「奶、奶奶？」

看清了老太婆的樣貌，公孫靜吃驚的叫了聲奶奶。而同時她也認出更多親戚，什麼叔叔伯伯的全來了。

老太婆一看到公孫靜，趕緊掙脫了年輕人的牽制，跑向公孫靜。公孫靜當然也放開了我、跑了過去，然後祖孫倆就這麼抱在一起，「奶奶！」、「乖孫女啊！」的喊著。一下子，場面變成很溫馨的祖孫相認，大家都感動了起來。

「我的乖孫女啊……這外面世界的人怎麼這麼不可理喻啊？他們把妳關起來，有沒有欺負妳呀？不要怕，跟奶奶說！只要妳少了一根寒毛，奶奶絕對把那邊那個裝模作樣的外國人打趴在地上向妳道歉！」

「奶奶！小靜沒事……他們沒有欺負人家……」

現代魔法師
與龍的千年輪迴
不管你在哪裡，我一定都保佑你戰無不勝……
老公，我一定會保佑你的！
因為──我就是你的幸運女神！
吐槽系作者佐維＋知名插畫家Riv
《現代魔法師07》2014年4月，最愛是妳！
典藏閣
華文聯合出版平台
www.book4u.com.tw
采舍國際
www.silkbook.com
不思議工作室
立即搜尋
版權所有© Copyright 2014

「還說沒有欺負妳？妳看看妳的氣色這麼差，哎唷我的苦命孫女啊……」

祖孫倆相認到一半，那老太婆就看到我了。一看到我，她的怒氣全轉移到我身上來了。她拉著公孫靜跑到我面前，伸出食指毫不客氣的往我胸口猛戳，生氣的說：「哼！我們家的好孫女婿，我一個好好的孫女從那麼遠的地方嫁過來，你是怎麼當人家丈夫的？當到讓我寶貝孫女被人囚禁於此？你說啊你！」

「咦？不是我……」

公孫靜趕緊幫忙勸住暴走的奶奶，只是她奶奶真的完全暴走，掙開了公孫靜的手，對著我說：「不要以為你是軒轅劍的繼承者就可以為所欲為啊！我寶貝孫女常跟我說你老愛欺負她？啊？是怎樣？今天我就告訴你！敢欺負我孫女，就算你是軒轅劍繼承者，我照打不誤！」

說完，老太婆比出劍指，指尖發出我再熟悉不過的黃金劍芒，好像想直接把我幹掉一樣的對著我就劈砍下來。我當然沒有乖乖的讓她劈啊！側身就閃過這一下。結果老太婆變招更快，手腕一轉，一道黃金劍氣就朝著我揮了過來。

就在這個時候，一團黑白色的氣團憑空出現，硬生生的把黃金劍氣吸收進去。隨著氣團一起登場的，是一個穿著某高中制服的女孩。她是突然出現在我身邊的，但給人的感覺卻好像她本來就在我身旁，只是我們沒發現而已。

「雖然很久沒有出場了，但我還是要說清楚一件事情，有人想欺負我們家陳佐維的，得先問過本姑娘唷！」

這突然出手解決我危機的，正是我的青梅竹馬——慕容雪。

一看慕容雪擋在我前面，老太婆就不爽了，指著慕容雪說：「讓開，我教訓我孫女婿，關妳這小妮子什麼事情？妳不讓開我連妳也打！」

「妳孫女婿？」慕容雪愣了一下，回頭用似笑非笑的欠揍表情看了我一眼。當發現我很無奈的對她聳肩後，她才回頭對老太婆說：「……就算是這樣，我從剛才就看到現在，我不覺得他有犯錯啊！」

「少囉嗦！看招！」

話不投機半句多！

就在老太婆和慕容雪即將交鋒的時候，一道金色的身影閃電般竄至兩人中間，雙手一張，竟然就這麼輕鬆寫意的擋下了老太婆和慕容雪的攻勢。

「大家都是為了要幫助佐維才聚集於此地的，沒必要做無意義的爭執和打鬥吧？」輕鬆擋下兩人攻勢的，是綁著雙馬尾的大薩滿——貝兒。

不過很顯然，她的話並沒有讓兩人聽進去。慕容雪一個優雅的翻身，落地後指著老太婆說：「是她先找碴的！」

「小丫頭真是大言不慚，看老太婆怎樣教訓妳！」

就在兩人爭執的時候，後面的電梯門又打開了。

「哎呀哎呀～這裡好熱鬧呢～看來哀家來的時機很剛好呢！」

眾人同時朝聲音來源看了過去，就看到一個穿著紅色古裝、拿著一把紙扇搖來搖去的絕世美女，從電梯裡走了出來。而這個人，就是當時在臺灣解救過我一次的狐仙娘娘！

其實這些人會聚集在這裡，都是我的意思，我不應該感到意外。我唯一感到意外的是，沒想到大會長會在這麼短的時間內就把這些人找了過來。

首先，是【天地之間】的代表。他們代表了我的軒轅劍的秘密。我的靈氣、我的魔法、我的一切，都跟這把軒轅劍有關，而看守軒轅劍長達四千七百多年的【天地之間】，自然是最了解這一切的人。

再來，是研究黃老學說的慕容雪。其實我原本想要請出山的是藤原綾的老爸，也就是當代道家最強的代表。但大會長說那傢伙自己解開封印就跑掉了，目前下落不明，所以只好找慕容雪幫忙，希望能藉由他們對軒轅黃帝的了解，從另外一個角度來幫助我成長。

最後，則是狐仙娘娘。雖然她和我一點交集也沒有，但從某個方面來看，她對我的了解或許比我自己更清楚。因為她代表的是我的過去，那個上千年前的陳佐維，只有她知道上千年前的陳佐維是個怎麼樣的人，上千年前的軒轅劍是把怎麼樣的軒轅劍。

所以我一直看著狐仙娘娘。狐仙娘娘也收起笑容，難得嚴肅的看著我。

大會長果然是有做過功課的，在短時間內把大家都集中好之後，直接針對我的問題提出兩個升級的重點。

第一就是我當初說的，把軒轅劍的力量完全解放；第二則是增強我體內的魔力，提高我的實力。而其中，能達成第一個目標的話，到時候我的勝算也許比較高，可是要怎麼達成，目前來說根本毫無頭緒；至於第二個目標，就算一個禮拜之後我的魔力可以大幅提升，但要面對成千上萬個魔法師，可能還是有所不足。

不過，比起第一個目標的那種虛無縹緲，這第二個目標要達成似乎比較容易。

「要在短時間內提升功力，嚴格說起來是不可能的。不然這個世界上大魔法師就滿街跑了。不過我在想，也許還有別的方法可以試試看。貝兒，過來一下。」

「嗯！」

就好像演練過一樣，貝兒聽到大會長的召喚，便走到他身邊，然後根據他的指示，改變了面前的空氣元素的排列，造成燈光不同角度的折射，竟然變成一塊小投影螢幕，秀出一張圖表給我們看。

「我想嘗試一下不同的手段。我們這裡聚集的人有【天地之間】，有薩滿，有道家。各位可以看一下這張圖表一。我個人認為，修煉魔法最難的部分，是從八十分進步到九十九分，其次是六十分成長到八十分；而從零分變成六十分，是最簡單的。」

圖表上面顯示出來的內容，是每個魔法不同的階段，用橫條圖以及不同的顏色顯示著，零分到六十分是綠色，再來是黃色，最後是紅色。

大會長說：「不過從古至今，扣掉魔法理論不提，幾乎所有的魔法師都只鑽研同一種魔法。所以，我想到一種新的修煉方法，那就是讓佐維在這一個禮拜之內，正式的修煉各種魔法。貝兒，圖表二，麻煩一下。」

「嗯！」

圖表二和圖表一一樣，不一樣的是下面多了一個「陳佐維」的欄位，然後還有一個已經到八十分的「軒轅神功」的橫條。接著大會長彈一下手指，貝兒手忙腳亂的調動空氣元素，製造出動畫的效果。只見上面幾種魔法的六十分的綠色橫條，全部移動到「陳佐維」的欄位上，一直加上去，最後整條欄位爆表。

「從圖表的顯示上，我想大家都很清楚我的想法。只要讓佐維修煉各種魔法，搭配我們【組織】的各種魔藥，這一個禮拜之內，把所有魔法的六十分全部學會，加在一起就可以超越原本的威力，我這樣說大家應該懂了吧？」

我點點頭，覺得非常有道裡，同時也覺得大會長很雞歪。因為他只需要出一張嘴，旁邊負責秀圖表的貝兒好像快累死了！難怪魔法師會被科技取代啊！假設現在還有人用這種方式上臺做報告，期末口試的時候，搞不好報告到一半，幫你秀圖表的人就暴斃了啊！

**微●你真的太棒了！我代表全世界的薩滿感謝你啊！**

「我不同意你的說法。」大會長說完之後，族長奶奶就站了起來，說：「我了解你想幫我家孫女婿提升功力的想法，也相信你是認真的想要幫他。可是在我看來，你似乎太小看我們『軒轅神功』了。哼！真要我說，剛才那個什麼橫條的，『軒轅神功』就算只有三十分，也超過其他魔法的一百分。」

這種當面打臉讓我覺得很不好意思啊！雖然大會長本身沒啥意見，但弄圖表弄得要死的貝兒很明顯就不爽了啊！

開玩笑，貝兒可以用空氣元素秀出各種圖表，連動畫都做出來了，而且還不用戴3D眼鏡就有3D效果，我怎麼想就是想不出來軒轅劍法要怎樣弄才能弄成這樣啊！光這點人家就讓我們看不到車尾燈了啊！

這又讓我想到很久以前藤原綾說過的——只能用來戰鬥的魔法，在魔法界的評價一向不高。

看到場面可能會因為族長奶奶這句挑釁意味濃厚的話而再度混亂，我趕緊舉手向大會長說：「大、大會長啊！我有話想說！」

「嗯？你說。」

「那個，我知道大會長說的有道理，可是假如我真的像你說的這樣學了其他魔法，你也無法保證能不能成功啊！而且，到時候就算我成功的學會了其他魔法，然後在場上用其他魔法打敗其他魔法師，你覺得那些魔法師會信服我和軒轅劍嗎？因此……呃嗯……我不是說其他魔法不好啦……只是，我覺得與其像大會長所說的那樣，我還不如專心研究『軒轅神功』，到時候說服力比較強。」

大會長點點頭，說：「你說的也有道理……沒錯，考慮到之後上場對決可能會發生的情況，你說的可能性的確很大。嗯……那麼這個辦法應該行不通。貝兒，妳辛苦了，可以休息了。」

「喔。」

我真的覺得貝兒很辛苦啊！你們為了秀剛才的動畫搞不好排練好幾次，魔力應該耗費不少，結果因為我這樣講，貝兒的辛苦就泡湯了啊！我覺得我好壞啊啊啊啊！

貝兒下臺之後，大會長又問我：「那麼，要在一個禮拜之間，把你的『軒轅神功』提升到可以打敗其他魔法師，你覺得有可能嗎？」

「呃……」

「可以。」

族長奶奶代替我回答了大會長的問題。然後她也不等大會長問她「要怎麼做？」，直接指著公孫靜和我，說：「乖孫女，妳把孫女婿帶下去，該怎麼做妳一定很清楚才是。」

我疑惑的看著族長奶奶，甚至公孫靜也很疑惑的看著她，顯然公孫靜並不知道該怎麼做。結果奶奶就一臉「你們兩個幹嘛那個臉？」的跑到我們身邊，把我們兩人都拉到一旁去，小聲的說：「笨孫女啊！妳不是說妳跟孫女婿已經有夫妻之實了？那妳應該早就知道，這軒轅心法本來就是要陰陽雙修才會越修越強的神功啊！怎麼還那種表情啊？」

「咦咦咦咦咦？」

「這軒轅心法當初本來就是天上的九天玄女下凡，跟咱們黃帝老祖宗一起創出來的。當時還留下一本《玄女經》，今天奶奶也給你們帶來啦！反正你們倆應該早就嚐過甜頭了，奶奶也是自己人，不用害羞了！等一下去找妳叔叔拿書，先回房間去照著書練，練過一次就知道啦！當初妳爺爺就是這樣跟我練的呢~妳看奶奶今年都快一百了，看起來還跟七十歲一樣年輕，就知道效果了吧？」

這奶奶越說越興奮，完全不管我和公孫靜的尷尬……咦？為啥好像只有我尷尬啊？公孫靜為啥一點都不尷尬啊？提到練功妳就這麼沉著是哪招啊？

「原來還有這種方法……嗯！小靜知道了！」公孫靜對她奶奶點了點頭，然後轉頭對我說：「老公！我們快點回房間去練功，我一定會幫你的！」

「等等、等一下啦！」

我掙脫開公孫靜的手，然後對著大會長說：「大會長啊！那個、呃，我是覺得，就算是雙修，一個禮拜之後我也不見得可以打敗全世界的魔法師啊！」

族長奶奶聽我這樣說，一臉不滿的走到我面前問我：「孫女婿，你是不相信咱們的『軒轅神功』了？」

「當然不是啦！『軒轅神功』這麼博大精深，我怎麼會不相信啊！只是……呃……那個，一個禮拜是可以修煉什麼成果出來啊！與其說是我不相信『軒轅神功』，那還不如說……那個，我更不相信我自己啊！」

「老公！」公孫靜又拉起我的手，意志非常堅定的看著我說：「沒問題的！我相信你！而且我一定會幫你的！」

「那妳說，一個禮拜之後，我就可以打敗妳了嗎？妳覺得有可能嗎？就算這個禮拜我們兩個人都沒下過床，然後下半身都黏在一起沒有分開，二十四小時不停的雙修，妳覺得我就有辦法進步到能打敗修煉『軒轅神功』十五年的妳嗎？」

公孫靜愣了一下，然後搖搖頭，表示她也不相信會有這種事情發生。

所以我把手又收了回來，對著奶奶說：「所以妳看啦！連妳孫女都不相信我了，妳想抱孫子也不可以用這招啊！是怎樣，到時候我死了，好歹還留給她一個小鬼可以排遣寂寞嗎？」

族長奶奶也愣住了，大概是她背後的意圖被我說破。反正我也不想管她，就對著大會長說：「大會長啊！你自己一定也很贊成我的說法吧？所以啦！想在一個禮拜之內把我升級到可以打敗全世界的魔法師，那根本就不可能會發生啊！因此……與其考慮那方面的問題，還不如用我一開始就跟你建議過的，想辦法處理軒轅劍啊！」

我乾脆跑到軒轅劍旁邊，指著它對大會長說：「我猜你一定也不相信這把劍有這麼神奇，可是劍的主人是我，我最清楚它有多少能耐！只要能夠在一個禮拜之內解放它完整的力量，不要說是全世界了，就是全宇宙的魔法師都一起上，我都不見得會怕啊！」

「少耍嘴皮子了。」大會長搖搖頭，苦笑著說：「你說的是有道理，但我不認為不提升你的力量就行得通。的確，一個禮拜內你可能沒辦法成長到多誇張，可是比起根本不知道該怎麼解放力量的軒轅劍，讓你能提升多少力量，你勝算就多了多少，這才是可行的辦法啊！」

大會長表情嚴肅的說：「你若是到時候上場打不贏，你以為你還能活著回來嗎？」

這句話是事實。

但我還是做不到啊！

我承認我偶爾會在夜深人靜的時候幻想一下公孫靜她的大胸部，意淫一下。可是說到底，想歸想，我又不是偉銘那禽獸！那種修煉方式你要我說服自己是在練功、在拯救世界？我真的沒辦法啊！

「我證明給你看，只要能夠解放軒轅劍的力量，我可以打倒任何人。」

我繞過大會長，走回軒轅劍的旁邊，握住它的劍柄，用力將它拔了起來。然後我將劍尖指著貝兒，對她說：「大薩滿貝兒小姐，我陳佐維在此向妳發出魔法決鬥的邀請！請妳接受！」

「咦？」貝兒很明顯還在狀況外，於是她看了一眼大會長。

大會長對她點點頭，冷冷的說：「接受，然後教訓這個不知天高地厚的小鬼。」

說完，大會長還對在場的所有人宣布：「我以【組織】大會長的身分見證這場魔法決鬥，雙方只要打到一方認輸就算結束。也請在場眾人尊重這次的決鬥，只要有不相干的人出手，那就別怪我不客氣了。」

聽到大會長所說，貝兒也點了點頭，深呼吸一口氣後，瞪著我說：「陳佐維先生，貝兒接受你的挑戰！來吧！希望你不要因為貝兒是女生，就手下留情了。」

我雙手緊握軒轅劍的劍柄，將靈氣集中到劍身上，大喝一聲！一個箭步衝向貝兒，對著她攔腰橫劈過去。沒想到貝兒她不閃不避，連動作都沒變，我的砍劈就這麼砍在一堵無形的氣牆上，再也無法砍進去。

接著貝兒右手一甩，我突然覺得面前的空氣產生了變化，許多水珠在我臉前凝結，接著朝著我的臉噴濺過來。雖然不痛不癢，但著實令我嚇了一跳。

「如果剛才貝兒想要取你性命，你已經死了。」說完，貝兒突然對我漾出笑容，「所以囉～請你認輸吧！貝兒等等也去跟你雙修，能盡量幫的，貝兒一定幫囉！」

「修妳個頭啦！我才不會認輸！」

我再次緊握軒轅劍，對著貝兒的頭劈了下去。結果貝兒的速度更快，我這一下只劈中殘影！真正的貝兒竟然……站在軒轅劍的劍尖上。

「佐維，你剛才那一下似乎是真的想要殺了貝兒呢！」貝兒瞇起眼睛，雙手逐漸聚起了火苗和水珠，說：「看來，貝兒真的該如同大會長所說的，給你一點教訓才行……」

「好好好～咱們認輸了！小姑娘，這樣行了嗎？」

貝兒的話還沒說完，甚至我根本不知道發生了什麼事情，一瞬間我的位置就不一樣了，我竟然躺在狐仙娘娘的懷裡！

狐仙娘娘抱著我，笑咪咪的對大會長說：「外國帥哥，哀家出手了，但咱們認輸了，你能不能看在哀家的面子上，別追究了？」

「認什麼嗚嗚！」我正掙扎著說話，狐仙娘娘直接用手摀著我的嘴巴不讓我發言。

大會長看到這一幕便點點頭說：「那我在此宣布，這次的魔法決鬥，是由大薩滿——貝兒．伊雷格獲勝！陳佐維，你聽好了，雖然貝兒的魔法在整個魔法界裡算是排名數一數二的，但與她一樣厲害或者比她更厲害，或是只比她差一點點的人，還是多到不可勝數。你要是不肯聽我的安排乖乖的接受各種訓練，我保證你的生命絕對只會剩下這個禮拜。」

「嗚嗚！嗚嗚嗚！」

「哎唷～帥哥你不要這麼凶嘛！嚇到哀家了！」狐仙娘娘摟著我嘻皮笑臉的回應著大會長，而且還是一直摀著我的嘴巴不讓我說話。她說：「不過呢，能聽哀家一句話嗎？」

「娘娘請說。」

「呵呵……哀家這就說啦！」

狐仙娘娘終於放開了我，然後用魔力吸走我手中的軒轅劍，讓它飄在自己面前，仔細的端詳著。看了大約五秒吧，她才很滿意的點點頭，說：「果然，哀家就覺得哪裡不對勁。因為這把根本就不是什麼軒轅劍啊～」

所有的人聽到狐仙娘娘這麼說，全都傻愣了大約一秒，接著才爆出驚人的「咦咦咦咦咦？」的聲音出來，聲音之大，幾乎讓整個地下室都為之震動。

**幹！搞了半天這把根本不是軒轅劍？那這把到底是什麼鬼？我的軒轅劍被人掉包了嗎？**

大家驚訝過後，各種不同的意見七嘴八舌朝著狐仙娘娘而去，彷彿可以看到聲音化作的音浪。因為音浪太強，我又沒有跟著晃動，差點就被震到地上去翻滾。

「妳這妖女少在那裡妖言惑眾了！咱【天地之間】看守軒轅劍超過四千年，打從黃帝時代就看守到現在，妳現在說這不是軒轅劍，豈不是說咱們搞錯了？」

族長奶奶激動的發言著，在她身後一票【天地之間】的族人也非常激動，甚至是公孫靜也加入了質疑的行列。除了【天地之間】的人是在不爽以外，包含我在內的其他人，都對狐仙娘娘所說的話感到疑惑。

只見狐仙娘娘輕輕揉著太陽穴，面帶微笑的對【天地之間】的眾人說：「哀家認識公孫軒轅，也知道他後來成了黃帝，也知道他有把軒轅劍，甚至當初黑龍滅世的時候哀家也在場……不過，當初拿來對付黑龍的劍，不是這一把。」

狐仙娘娘的語氣之肯定，簡直是在判我死刑啊！我就是因為相信這把劍有可以決戰黑龍的威力，當初才會想說用這種方式來拯救美惠子阿姨。結果狐仙娘娘一來，就直指這把劍是假貨……幹！那真的劍在哪裡啊？妳倒是告訴我啊！

「住口！」

公孫靜突然招來夏禹劍——雖然一直沒有提到，但為了完美重現當初【天地之間】的封印，這把劍其實也放在這地下室裡——握住劍柄用劍尖直指狐仙娘娘，難得憤怒成這樣的對娘娘說：「妳少在那邊胡說了！侍劍從小就是為了軒轅劍而生，也立志為了軒轅劍而死，現在妳竟然說那不是真的劍，妳倒是說說看真的劍在哪裡啊！」

「咦？妳手上這口劍，不正是真正的軒轅劍嗎？」狐仙娘娘指著公孫靜手中的夏禹劍，笑著說：「對啦！哀家絕對不會記錯的！當年三個決戰黑龍的人裡面，只有軒轅那傢伙有拿劍，就是妳手上這口呀！」

「咦咦咦咦咦？」

現在到底是什麼情況啊？

當年決戰黑龍的人不但不只有軒轅黃帝，竟然還多達三個人？而且當年黃帝所拿的軒轅劍，竟然是公孫靜手上的夏禹劍？那我這把軒轅劍又是什麼啊？

# NO.006

# 它不是軒轅劍，因為它是……

**「你到底是什麼？」**

我盤腿坐在軒轅劍面前，看著它劍身上的雕紋，思考它對我說過的每一句話，最後不禁自言自語似的問了它這個問題。

它對我說過，它是軒轅劍的劍靈，奉軒轅黃帝的命令等待我這個第二任主人，要我去尋找解開它力量封印的方法，要我去學習軒轅劍法好發揮它全部的威力。

當初做的那個夢，現在還歷歷在目。

我親眼看到軒轅黃帝拿著軒轅劍與黑龍對決，集合眾神仙之力，將黑龍封印起來。甚至我還記得，當初劍靈跟我所說那就是【天地之間】的由來——那個才是「真正的天地之間」，而不是公孫靜他們所住的那個地方。

而我的命運也在那個夢之後，有了很大的轉變，從一個無所事事的大學生，變成一個即將拯救世界的勇者，就因為我拔出了這把軒轅劍。

結果，昨天晚上狐仙娘娘的一番話，竟然徹底的否定了這件事情。

**因為這根本不是軒轅劍，小靜手上那把才是軒轅劍，這把不是。**

所以……

**你到底是什麼？**

軒轅劍不是軒轅劍的事情實在太震撼了，把它當作最後決戰唯一手段的人不只是我，也包含了大會長等人。他們都是知道黑龍會現世毀滅世界的人，也清楚似乎只能靠我和軒轅劍的合作才有辦法打敗黑龍來拯救世界。

就好像漫畫《魔力小馬》（其實應該叫做《潮與虎》）所描述的一樣，只有主角「小馬」手上的武器「獸矛」，才可以打垮大魔王「白面者」，其他東西都不行。

結果，這不是軒轅劍。

就像白面者登場以後，小馬才發現他手上的獸矛原來是假貨，真正的獸矛根本不知道在哪裡。

但如果這不是軒轅劍，那它到底是什麼？多次解救我的危機，爆發出我沒有想像過的力量，甚至還有一個不知所謂的傳功長老「劍靈」附在裡面。若它不是軒轅劍，那它是什麼？洞爺湖嗎？

而且說到劍靈，我試著叫它出來回答我的問題、幫我指點迷津，它這次卻怎樣都不肯出現，像是一個說謊的小孩發現謊言被拆穿了，就不肯出來面對一樣。

「我就知道你這個笨蛋又搞砸了，沒有本小姐在你旁邊，你就什麼都做不好耶！」

這個時候，藤原綾的聲音突然從後面電梯門的方向傳來。

我回頭一看，果然是她來了。

喔對了，現在我是一個人在這個地下室裡待著。昨天狐仙娘娘爆料出來的事情震撼全場，但最震撼的人莫過於我，所以我要求所有人都先離開，讓我一個人好好的靜一靜，自己和劍留在這裡溝通溝通。

「妳不是不能出來嗎？」

「大會長讓我過來看看你囉～」藤原綾聳聳肩，邊走向我邊說：「我有聽他們說了，你這笨蛋果然把事情搞砸了，對吧？」

「哪有！」我很不滿的反駁：「我才沒有把事情給搞砸咧！妳以為我能預想到這種情

況嗎？誰知道這把大家口口聲聲說它是軒轅劍的東西，就連它也跟我自稱是軒轅劍的東西，竟然不是那個決戰黑龍的秘密武器？我哪能想到啊！幹！明明就很猛，結果搞了半天竟然不是真正的軒轅劍，甚至真正的軒轅劍是小靜手上那一把！這算什麼啊？軒轅黃帝處心積慮，籌備了五千年，就只為了跟我開這種玩笑嗎？幹！他還真幽默啊！」

藤原綾雙手交叉在胸前，嘟著嘴說：「我知道你不爽啦，只是你不爽竟然敢對本小姐大小聲，看來是皮在癢了？」

我搖搖頭，很無奈的又把頭轉回去看著軒轅劍，說：「沒有，算了……我現在沒啥心情跟妳抬槓。」

藤原綾走到我身邊坐下，靠在我身旁說：「所以你果然是笨蛋。」

「……是，我是笨蛋。」

藤原綾笑了笑，輕輕的給了我一拳，說：「不過就是這把劍不是軒轅劍罷了，那又怎麼樣呢？」

「什麼那又怎麼樣？很嚴重耶！如果這把劍不是軒轅劍的話，我要用什麼去打黑龍？

用什麼去打倒全世界的魔法師來救妳和美惠子阿姨啊？」

「所以，因為它不是軒轅劍，以前你靠著這把劍引發過的奇蹟，都是假的囉？」

我愣了一下，不知道該怎麼說才好。

藤原綾見我不說話，又說：「我聽小瞳說了，她說你曾經打倒『鬼』。不只是這件事情，之前你也有在其他地方大發神威的記錄……雖然都不是我親眼看到的，只是聽人說過而已。總之，你想想看，憑你一個學魔法才學了半年，正常的魔法學徒都還在幫老師掃地，根本沒辦法出手退敵的情況，你就已經打倒過眾多妖魔鬼怪，甚至連神道信仰中最難以對付的妖怪『鬼』你都打倒了，這些事情不是奇蹟嗎？」

我懷疑的看著面前的軒轅劍，仔細思考著藤原綾剛才所說的話。

只是，她說的話和我剛才自己所想的還不是一樣？我也知道沒有這把劍，搞不好早在【天地之間】那場結社審核測驗中，我就已經葛屁了，我知道啊！可是我還是不知道這把劍是什麼鬼啊！

我把我所想的向藤原綾說了出來，結果藤原綾不但沒有貼心的說「這的確很讓人苦惱，親愛的副社長你真的很辛苦呢！來～人家親一下也許你就會想出來囉～啾咪！」之類的臺詞，反而很沒良心的，超用力的往我的後腦勺拍了下去，「磅」的一聲打得我差點直接顏面著地啊！

「你真的很笨耶！哈哈哈……還是說被我打太多次了，腦子被打壞了？」

「靠！妳這樣講沒兩句就要扁一下，本來很聰明也變笨了啦！」

「笨一點比較好。」藤原綾笑著回應，完全沒有歉意的感覺。

我很無奈的摸著被打疼的後腦勺，問：「……所以妳到底想說什麼啦？就是來這裡扁我的嗎？」

藤原綾笑了笑，搖搖頭，然後看著軒轅劍，說：「重點不在於它是什麼吧？」

「就跟妳說了如果它不是軒轅劍那我……」

「它不是軒轅劍那又怎麼樣？在昨天之前，你對這把劍的『相信』可是滿到漫出來，讓你可以囂張到敢對全世界的魔法師嗆聲說你要把他們都打倒，有自信可以對本小姐說你要保護我。」

「然後，過了一天，不過只是有個不知道打哪來的狐狸精對你說了一句『這不是軒轅劍』，你就可以把那些培養出來的自信消滅，自己一個人躲在這裡自我懷疑？你不覺得很可笑嗎？」

藤原綾停頓一下，又往我背上拍了下去，說：「重點不在它是不是軒轅劍，重點在你對它有沒有信心嘛！軒轅劍只是名字而已呀！在我看來，它就算不是真正的軒轅劍，它的威力還是絲毫未減啊！」

藤原綾拍的這一下很痛，事實上她下來地下室之後所扁我的每一下都痛到靠盃。可是也的確有用。

「喂～說句話啊！聽到要靠你保護我，本小姐曾經很期待呢！結果你馬上就變成這樣，是要怎樣保護我呀？」

我點點頭，終於發自內心的笑了出來。

這麼簡單的事情我竟然沒有想通？它叫不叫軒轅劍很重要嗎？就算它不叫軒轅劍，真的叫洞爺湖好了……過往它所引發的奇蹟，它發揮出的力量和靈氣，難道是假的嗎？我對它之所以有這種信賴，不就是因為它有很多實戰上成功的例子嗎？

「大小姐還是乖乖的待在房間裡等我去救妳就好了。」我抬起頭，轉向藤原綾對她說：「我還有些事情想問這把劍。」

「喏～感覺你已經想通了呢！那我就不吵你啦～掰掰！」

藤原綾說完就點點頭，心滿意足的起身離開。但是她走到電梯口時卻又停了下來，說了一句：「……還有，你加油。你每次大顯神威的時候本小姐剛好都不在場，這次我不希望還是只能當聽眾，懂嗎？」

「……嗯，我知道了。」

我倒在地上看著藤原綾走進電梯離開後，才坐起身，將面前的軒轅劍拿過來，閉上眼睛再度呼喚劍靈出來。

而這次，劍靈它終於有所回應。

它在我的腦海裡現身，也不像之前是個七老八十的老頭，變得年輕一些，變成一個

四、五十歲的中年阿伯，但那張臉的輪廓和氣勢就是讓人很清楚的知道它是劍靈。

「為什麼我叫你你都不理我，一直到現在才現身？」

「因為你叫我的理由不一樣了。」劍靈輕描淡寫的回答，並反問：「所以你想清楚了嗎？」

我點點頭，說：「嗯，沒錯。不管你是什麼都沒關係，只要我相信你就夠了，對吧？」

「是的，你要先相信我，我才可以幫你。」

「很好！」

我睜開眼睛，看著軒轅劍。就像是在回應我接下來要說的話一樣，劍身上的雕紋正耀動著璀璨的光芒，但卻不是公孫靜那把「真・軒轅劍」的黃金光芒，而是更有威嚴、更霸氣的黑色。

**「我要打倒全世界的魔法師，你辦得到嗎？」**

**「我辦不到。」劍靈的聲音在我腦海中響起，「但我們可以辦到。」**

我笑了笑，伸手握住軒轅劍的劍柄，感受它劍身上的黑色靈氣。我感覺到它對我說了一件很重要的事情——

它不是軒轅劍。

……**它是為了我量身打造出來的，我專用的神劍。**

NO.007

# 魔法師決鬥魔法師

決鬥這天的天氣不太好，陰陰暗暗的，好像要下雨似的。而且因為人數眾多的關係，所以我們要在室外決鬥，老實講，我還滿擔心到時候下雨會弄濕衣服。

自從我知道了軒轅劍不是軒轅劍，而是為了我量身打造出來的神劍之後，我向大會長要求讓我自己一個人閉關修煉。

一開始大會長並不肯，但在美惠子阿姨開金口幫我說話後，大會長這怕老婆的也只好答應。但大會長答應之後，【天地之間】的代表卻跳出來表示一定要讓我和公孫靜一起修煉才行。

而公孫靜卻只是問我有沒有想清楚，我回答了肯定的答案後，她對我的信心就莫名的爆棚，然後說她相信我會成功，便把【天地之間】的人都拉走，還我一個可以自己閉關修煉的空間。

之後，我就得到了將近一個禮拜的安寧，有了一個自己閉關練功的房間。

但其實我什麼也沒做。

我只是在房間客廳的沙發上坐著，讓軒轅劍坐在我身邊，然後一起看電視、吃飯、睡覺、聊天，就這樣而已。甚至那個聊天，還幾乎是我自己自言自語……

我說「幾乎」的原因是因為，外面人看起來是這樣。因為我覺得聊天不說話很奇怪，偏偏軒轅劍又只能跟我用心靈溝通，所以就變成我開口說話，軒轅劍在我腦海裡應答的詭異情況。

然而，不知道為什麼，這一個禮拜我並沒有覺得難熬。

以前我只要一碰到練功就頭痛，會想盡辦法閃避，或者是只要沒有碰電腦，大概兩天就受不了了。

可是跟著軒轅劍獨處這一個禮拜下來，我不但不覺得難受，甚至還覺得時間過得很快，不知不覺的，明天就要決鬥了。而且我還覺得這把劍給我非常親切的感覺，就好像我在跟一個很熟悉的人對話一樣。

不過我知道，就跟狐仙娘娘當初所說的一樣，這只是因為我的靈魂沒有忘記。事實上我和這把劍的認識，還是從【天地之間】才開始的。

然後，就這樣，一個禮拜的時間過去了。

**「我們，可以打倒全世界的魔法師。」**

我相信我們可以辦到。

⊕⊕⊕　⊕⊕⊕

換好衣服，盥洗完畢後，我拿著軒轅劍從房間裡走出來，往決鬥的會場走去。

會場就在大辦公室旁邊沒多遠。已經搭好了一個有點像是「天下第一武道大會」那樣的四方形戰場，四周圍滿了跟螞蟻一樣多的人群，現場也吵雜得非常恐怖。當然，大家都是為了我而來的，所以我從大辦公室裡走出來後，會場上的聲音也逐漸安靜下來，我感覺到眾人的目光都集中到我身上。

遠遠的，我就可以看到四方形戰場上站著一個人。不用說，那傢伙是大會長。他依舊穿著他那一千零一套的西裝，雙手插在口袋裡看著我。

我先環顧一下四周，這才發現我的朋友們──慕容雪、公孫靜、藤原瞳、狐仙娘娘、【天地之間】的人們等等，都已經在會場旁邊的看臺上等候。

當然，藤原綾也在。

我對他們舉起了我的右手，用充滿信心的笑容做出無聲的勝利宣告。

然後，我才慢慢的走上戰場，走到大會長身邊。

全場鴉雀無聲。

現場絕對不少於萬人，搞不好超過十萬人。但是卻如此的安靜，靜得好像一根針掉在地上都能聽得清清楚楚似的。

「佐維，雖然我一直沒能幫上什麼忙，但過去一個禮拜，我們還算是站在一個陣線上的。」大會長很嚴肅的看著我，說：「不過今天，我也會是你的對手，你清楚嗎？」

我點點頭，說：「那還希望大會長手下留情，不然我不小心被你打死，我家社長可能會很難過的。而她一難過，我看你大概也別想跟美惠子阿姨在一起了。」

「……竟然可以開玩笑？」大會長笑了出來，搖搖頭說：「這一個禮拜你到底做了什麼，整個修為感覺上比起很多修煉了十幾、二十年的魔法師高深很多……廢話不多說了，我先下去了。你自己決定什麼時候開始吧！」

說完，大會長轉身跳下戰場，把我一個人留在場上。

我環顧四周一圈，接著把軒轅劍用力的往身旁的石磚地上插了下去。這蘊含著「軒轅劍法．曜日」力量的一捅，讓我輕鬆的就把軒轅劍整把插了進去。然後，我拱手向臺下作揖，面帶微笑的說——

「各位魔法師們大家好，小弟陳佐維，還請各位魔法師多多指教。」

語畢，我負手挺胸，臉上不帶一絲表情，冷冷的看著臺下，等待我的對手們上臺。

這個過程沒有等候太久，很快的，就有一對穿著韓服的男女跳上戰場，或者該說，男的拉著女的一起跳上來。

我不認識那個男的，但女的我就熟了，因為那是韓太妍。那男人左手拉著韓太妍，右手持著一枝柳條，一點禮貌也沒有的用柳條指著我，用韓語對著我蔥薑蒜油的講了一大堆。而他身邊的韓太妍則是在蔥薑蒜油停頓的時候，幫忙翻譯給我聽。

「天道教少主夫婦……要來給你……一點教訓。」

我其實不相信那少主只講這麼一點點，因為他講了很多話，但我猜韓太妍是不希望讓我知道少主講了什麼，才會翻譯得如此委婉。

我笑了笑，點點頭，右手依舊負在身後，伸出左手向前平舉，掌心向上，做了個「請」的姿勢，雙眼直盯著那少主不放。

於是那少主用力甩開韓太妍的手，憤怒的朝著我衝了過來。他的速度很快，一瞬間就來到我面前，柳條當頭劈下！我向左一個側身，以毫釐之差閃過了柳條的劈擊，同時出腳拐了他下盤，那少主馬上重心不穩，狼狽的向前跌去。

不過，對手終究是一教的少主，並沒有當眾出醜，他只是往前幾步便停下跌勢，所以我順便用左手往他背上一推，讓他可以順我的意思往地上跌個狗吃屎。整套動作做完，我還是穩站原地不動，甚至連姿勢都一模一樣，只是轉了個一百八十度背對著身後臺下的十萬魔法師而已。

那少主趴在地上不到一秒就彈身躍起，用韓語對著我身後的韓太妍大吼大叫，同時揮舞柳條、唸動咒語，對著我轟出一個紫色的圓圈型魔法。我左腳一跺，身旁插著的軒轅劍就起了感應，自己彈射而起，在我面前畫圓成盾，擋下了少主的魔法攻勢後，又自己飛回原地插好。

短短兩回合的交手，我和那位少主之間的實力差距，高下立判。

「方圓之內，固若金湯、滴水不漏，無勢不斷、無招不破。」

我緩緩放下一直舉著的左手，畢竟手一直舉著還是會痠，所以順手的放在軒轅劍的劍柄上，看著那少主慢慢的說：「不要太訝異，我也是到剛剛才知道原來這層境界這麼誇張。」

那少主更是抓狂啊！連續兩招都被我破得輕鬆寫意，甚至我連位置都沒有移動過。於是他再度衝刺過來，用閃動著紫色光芒的柳條對著我突刺。可惜他不但是徒勞無功，還反過來被我用軒轅劍的劍柄狠狠戳在胸口，然後整個人被我轟到臺下去，去勢之猛，更是讓他一連撞倒了好幾個看戲的魔法師。

接著，我回頭看著韓太妍和她身後的那些魔法師。

韓太妍呆站原地，表情非常複雜的看著我。但她想了片刻，搖搖頭笑了出來。

「我就說我的眼光很好，看上了一個絕對了不起的人物呢～人家不打啦～打不贏你，認輸啦！」

我點點頭，笑著說：「小綾和小靜都在後面的臺上，妳先去那邊等我吧！」

韓太妍往我後面看去，看到藤原綾和公孫靜之後，就點點頭快速的走向我。她在經過我身邊的時候，我又多說了一句——

「等我打完，我們一起回家。」

「嗯！」

待韓太妍下臺之後，我運起軒轅心法，感應劍裡的靈氣。接著，劍身上迸發出一道又一道的黑色劍氣，在地板上刻劃出一道又一道的深刻劍痕，等劍氣再度納回至劍身上時，地上已然多了一個由劍痕刻出的方圓之陣。

「來吧！我熱身完了。」我將軒轅劍的劍尖指天，看著臺下的魔法師，笑著說：「不要浪費時間了，我想早點打完早點回家休息，你們統統上吧！」

我也不管他們是不是真的聽懂了，總之，事情很巧的，在我說完臺詞、耍完帥之後，臺下的魔法師們終於有了動作。

十萬個魔法師在同一時間、同一地點蓄起魔力，那是很恐怖的事情，大地都為之震動，甚至還下起了毛毛細雨。不過雨水並沒有打在我身上，臺下眾人也忙著聚氣，似乎沒有人發現這件事情。

軒轅劍法的「流星」、「殘月」、「曜日」三招，都是基本中的基本。目的只是在讓使用者的靈氣能與手中的兵刃同調，達到人劍一體的程度，才可以修習更進階的第二層軒轅劍法。

這第二層軒轅劍法並非招式，而是境界。講境界太抽象，簡單點說，就是把戰鬥劃分成兩個最基本的層面：「防禦」和「進攻」。

「方圓之內，固若金湯、滴水不漏，無勢不斷、無招不破。『軒轅劍法．方圓』。」

我緊握著軒轅劍，腦子裡迴盪的是軒轅劍對我說過的方圓劍訣，眼睛直盯著臺下的魔法師，就等他們發難的那一瞬間。現場氣氛就像是電影《魔戒二部曲》最後的腎虧……呃，聖盔谷之役的時候一樣，雙方劍拔弩張，只要有一邊先放槍，大戰就一觸即發。

氣氛上是很像，進攻方同樣也有十萬大軍，不一樣的是防守方——只有我一個人。

就在這個時候，一個混雜著黑白二色的太極氣團突然對著我而來。那氣團像是蓄力不足似的，輕飄飄的朝著我飄過來，撞上我的方圓劍圍後就自己炸得屍骨無存。

氣團發出的爆炸聲響不大，但在這種時候就跟晴天霹靂一樣，化作決鬥的號角響起。霎時，成千上萬股成分、形狀、顏色……呃，我是說來自不同魔法門派、信仰、文化各異的魔力飛彈，像煙火般對著我轟炸過來。

同時，不使用魔力飛彈這種低能招式的，跟我一樣走近距離決鬥路線的體能派魔法師們也發出震天殺聲，千軍萬馬衝上臺來想搶第一個把我殺敗。所有的攻勢在我眼中混成一團，但又各自為政，氣勢喧騰，可卻群龍無首，一盤散沙。

大會長還沒出手，便知道這波進攻又只是一些雜魚上場。

我深呼吸一口氣，方圓劍圍的範圍瞬間縮至最小。

假如對付雜魚還只能防禦的話，那就更不用說要把真正的高手逼出來跟我對決了！

我雙手合掌一拍，淡淡的看著面前襲至的千軍萬馬，說：「軒轅劍法．無限。」

「住手！」

就在「軒轅劍法．無限」即將發動的時候，一道女孩子的聲音插了進來。

現場是非常吵雜的，有千軍萬馬加上萬千魔法特效加持，因此一個女孩子的聲音竟然能傳進現場，可知來者修為絕非等閒。

這聲「住手！」來得及時，同時那些朝我衝過來的魔法師們都被不知名的魔力逼退，那些朝著我飛過來的魔法特效也在半空中炸出絢爛的火花。既然對方已經收手，那我當然也將還沒發動的「軒轅劍法．無限」收回。

「施主果然英雄出少年，貧僧佩服。」

接著，空氣中迴盪著另一道不知打哪傳來的聲音，聽起來並非聲嘶力竭的狂吼，而是鏗鏘有力。同時，除了這道肯定是佛教高僧的話音外，其他人也開口說話了，但是混雜著多國語言，我一下子很難聽懂他們到底在說什麼。

這種不見人影只聞聲響的情況，想必我剛才那招無限的起手式已經驚動了魔法界的大師級人物。魔法師世界裡的魔法師沒有千萬也有百萬，但我相信，待會要出手的絕對都是精英中的精英，而且還有一個可以自在操控這群精英的大會長在其中。

我收起原本還算有點試驗性質的心態，雙手握緊飄浮在我面前的軒轅劍，等待那群大師級人物登場。

但是等了幾分鐘，一直沒人出場，我有點不耐煩的說：「佩服的話就快點上場，不要廢話了！我還想早點打完早點走咧！」

這個時候，現場突然一片金光閃閃，十幾個金黃色的和尚從天而降，在我面前「喝！喝！喝！喝！」的組成一個光看就生人勿近、有去無回的大陣。

陣形組成後，最前方帶頭的那個和尚雙手擺出虎爪的姿勢，對我怒斥：「得罪了方丈還想走？沒這麼容易！」

我愣了一下。

因為這十幾個金光閃閃的和尚不是別人，正是鼎鼎有名的……

少林寺十八銅人？

面前一十八個金光閃閃的光頭和尚，渾身有勁的肌肉血脈賁張的咆哮著。這就是在中國，佛教魔法與武學結合後集大成的魔法結社——少林寺十八銅人！跟一般人所認知的不同，他們並非在身上澆金漆塗色，而是因為渾身浩然正氣，散發出金黃色的魔力光芒，因此才會有銅人之名。換言之，散功之後，其實他們的膚色跟正常人無異。

不讓來自中國的十八銅人專美於前，另外一邊也跳上來十三個穿著銀白甲冑的西洋騎士。他們穿著如此笨重的盔甲，竟然移動得如此迅捷，彷彿身上的重量都是假的一樣。同樣的，他們也擺出一個自成一派的西方魔法陣，對著我用英語自我介紹。

雖然我聽不懂，但藤原綾幫我惡補過的魔法常識讓我推測，這應該是歐洲騎士裡最富傳奇色彩中的兩支騎士團之一——圓桌武士。其中最讓我肯定這個推測的理由是因為，站在最前方的那個嬌小騎士，竟是個穿著藍色甲冑、手持灌滿強大魔力的寶劍、束著包頭的金髮妙齡女子。

「……想必是石中劍吧？」

我緊握著軒轅劍瞪著那女孩手中的寶劍，暗暗的問軒轅劍：「喂，聽說那把劍是歐洲最猛的神劍之一，跟你比起來又如何？」

軒轅劍沒有回答我，但卻震出充滿霸氣的黑色劍氣，一下子就比過了那女孩手中的寶劍，像是在向那把劍嗆聲一樣。

我笑了笑，將軒轅劍高舉起來，看著面前超過三十個人、兩大結合魔法與武學、來自東方和西方的團體。

「還是雜魚！不過就是比較強一點的雜魚罷了！」

語畢，聽懂的十八銅人馬上「啪！」的一聲散開，而圓桌武士更是在我高舉軒轅劍的同時就朝著我用鶴翼之陣衝過來──其實我也不太懂那是什麼陣形，感覺很像是電腦遊戲《三國志》裡的陣形，模樣就像是保齡球瓶擺放的方式。

帶頭的騎士少女手中的寶劍靈光閃耀、炫目異常，像是要在出招前先將我視覺剝奪一樣。不過，這招若是對付普通人可能會有用，對我就沒用，因為在軒轅劍的黑色劍氣之下，就算對方是太陽，我們也可以將它吞噬掉！

於是，我看準了少女的來勢，雙手發力，對著她手中的寶劍狠狠一劈！迸出了金鐵交擊的巨響和火光。石中劍果然不是等閒寶劍，與軒轅劍力拚之下，依然能震得我虎口發麻。

但也僅只如此。

少女一臉震驚，像是沒料到這一擊竟然無法將我拿下，也不知道是低估我還是怎樣。她立即大吼一聲，後面十二個圓桌武士立刻有效率的變換陣形，變成一個圓圈將我圍住。

我保持著用軒轅劍壓制石中劍的姿勢，也大吼一聲。一瞬間，從軒轅劍上炸出了十幾道黑色劍氣，分別朝著十二個方位轟炸過去！

在炸出劍氣的同時，石中劍再也無法抵擋軒轅劍的威力，硬生生被我劈成兩截。要不是我在軒轅劍劈中少女之前就收手，那少女大概會直接被我劈成兩半。而我根本不用去確認，也能從此起彼落的慘叫聲中，得知其他圓桌武士和黑色劍氣硬拚的結果。

因為，劍氣是不會哀號的。

僅用一招就殺敗圓桌武士，我並沒有因此鬆懈。因為十八銅人的魔力已經高漲至另一波高峰。在圓桌武士被打垮的同時，來自十八個不同方向，但卻剛柔互補、默契一致的猛烈攻擊，已然殺到我身邊。

我立刻施展出方圓，將這十八銅人的攻勢擋了下來。接著自己突破了方圓的劍圍，打出了在這場決鬥中第一次主動的攻勢。

「軒轅劍法．流星！」

打蛇打七寸，擒賊先擒王！這是《投名狀》裡李連杰對金城武的告誡。我將軒轅劍如流星般射向十八銅人之中、剛才帶頭對我叫囂的領班。不管他是第幾銅人，有資格說話的肯定是最大咖！

十八銅人果然是練家子！最大咖的那個眼看我的軒轅劍不斷步步進逼，竟然還不閃不避，雙手結印，運起硬氣功！緊接著，一口半透明的金色大鐘將他全身罩住，一看就知道是少林寺兩大防禦魔法之一的「金鐘罩」。

金鐘罩果然強橫，軒轅劍竟然只能刺在金鐘上，發出巨大的鐘聲。只見其他十七名光頭想趁我手中無劍的時候再度進攻，我便立刻衝向那金鐘罩，然後伸手一摸——

「啪嘰！」

「管你是金鐘還是鐵鐘，只要是結界，就給我破吧！」

金鐘罩果然如我所想，是一種單人小型的防禦結界。這正合我意啊！只要是結界或者封印，那根本對我一點用都沒有啊！

在金鐘罩被我摸破的同時，我立即雙手握著軒轅劍用力的朝著那和尚的脖子揮去。那和尚都做好要頭身分家的準備了，幸好我還知道這故事是普遍級，在劍身接觸到那和尚的脖子之際，猛然收勢，只是輕輕的靠在他的脖子上而已。

其他十七名光頭原本已經加快速度想來阻止我行凶，沒想到我竟然沒有痛下殺手，他們立刻收招，圍在我身邊繞成一個圈圈，雙手合十。

我將軒轅劍收了回來，看著面前的和尚。那傢伙果然是很有風度的高人，看我收手，也雙手合十，向我說了聲「謝施主不殺之恩」後，便率領其餘十七銅人一起下臺。

也幸好他是這樣說，要不然他若是要我廢他武功，那我該說什麼？

馬的，張無忌還是用少林龍爪手打敗少林寺的人，不算汙辱。那我要說什麼？你家金鐘罩對我來說是破銅爛鐵，不值一提，被我打敗剛好啦！這樣對嗎？

「想不到你這個吃軟飯的也能有這麼一天呀？」

在我接連擊敗圓桌武士和十八銅人後，一道很熟悉的厭惡聲音傳來。

我回頭一看，不是別人，就是那個當初幫我進行魔力測驗的傢伙。不過我並不知道他的名字，就叫他「阿拉丁」吧！因為他所使用的魔法我很有印象，叫做精靈魔法，而且他的法器也很特別，是一只油燈。

阿拉丁對我露出不屑的笑容。雖然我曾經有打敗過他一次的經驗，但此刻他一個人給我的威壓，就絕對不下於剛才的十八銅人。想必當初被我打敗絕對是因為他沒有使出全力的關係。

「咯嘰咯嘰～」

一陣機器運轉的聲音傳了過來，吸引了我和阿拉丁的注意。轉頭一看，就看到一個木製的人偶走了上來，雖然它上臺後沒有動作，但從它體內仍然不斷傳來機器運轉的聲音。

藤原綾說過，「木製機關人」是春秋戰國時代墨家最機密的魔法人偶，運用各種機關製造出永遠可以運作的機關人，聽說後來還啟發了西洋的鍊金術師……

說到鍊金術，鬥場的另一邊突然跳出一個穿著長袍的男人，他手中持著各式燒瓶、試管，裡面裝著不明的液體，腳邊還跟著兩、三坨像是史萊姆一樣的魔法生物。光看這身造型，就知道是西洋的鍊金術師，而且絕對不是等閒之輩，腳邊的史萊姆雖然造型可笑，但那的的確確是鍊金術最高境界的人工生命體。

一個神燈精靈、一個機關人、一個人工生命體。想不到這第二回合要面對的對手，竟然沒有一個是真正的人類？

不過那又如何，還是要打啊！而且就算它們不是人類，或者是操縱這些怪物的魔法師，距離那些真正大師級的人物來說，也還只是雜魚等級啊！於是，我不給他們喘息的機會，等他們一上臺、腳步剛站穩，馬上就採取主動的攻勢。

我第一步就衝向那木製機關人。那機關人並沒有人在裡面操作，但是很自然反應的舉臂想要正面迎擊。我立刻急停，劍尖一挑，激盪出一道黑色劍氣，就讓這永遠運作的機關人永遠停止。

緊接著，我回頭朝著那已經磨擦了油燈、召喚出神燈精靈的阿拉丁衝刺過去　阿拉丁面無懼色，指著我大喊：「吃軟飯的，別以為我會怕你啊！我許願，精靈啊！打敗這個人類！」

神燈精靈聽了阿拉丁的願望，竟然沒有立即動作。雖然我不知道為什麼，但這可是大好良機。我立刻劈出一道黑色劍氣，剛猛至極的劍氣對著阿拉丁轟炸過去，逼得他油燈脫手。我再施展出流星劍訣，搶先阿拉丁一步將地上的油燈勾了過來，然後自己磨擦油燈，召喚出神燈精靈，對著精靈大喊——

「我許願，你從此以後自由了！」

別以為我沒看過《天方夜譚》啊！

許下這個願望之後，阿拉丁的精靈魔法可以說是被我廢了一大半，就算他還有別的精靈可以操縱，他的戰意卻是完全消失了。老實說，我這個舉動也是有點夾帶私怨想報復，畢竟他一直叫我吃軟飯的，讓我實在很不爽啊！

就在我廢了阿拉丁的精靈魔法之後，我腳邊突然出現一個爆破的燒瓶。幸好我反應極快，一個小跳躍向後閃開，才不至於被燒瓶內的危險液體濺灑到。可當我抬頭一看，卻嚇了一跳，因為那隻史萊姆竟然在一瞬間變得超巨大！變成史萊姆王啊！

鍊金術師指著我對那史萊姆王下了一連串指令後，史萊姆王就用它巨大但敏捷的身軀朝我衝撞過來，我立刻一劍劈過去！劈在這巨大的果凍身上，一劍就將它劈掉一大塊。

但是史萊姆竟然沒有因此死掉！那兩塊史萊姆在地上抖動一下後，竟然合而為一。

原來是個打不死的史萊姆？

所以我沒有繼續跟那史萊姆廢話，而是改為攻擊鍊金術師。沒想到鍊金術師竟然可以直接與史萊姆對換位置，產生小型的瞬間移動，逼得我的攻擊只能打在這打不死的史萊姆身上。

「……那就來試試看，看是你重生的速度快，還是我的劍快吧！」

我運勁提氣，對著軒轅劍說了一聲「給他看看你的威力」後，就將軒轅劍對著那隻史萊姆扔過去。只見軒轅劍突然加快了飛行的速度，眨眼之間來回貫穿史萊姆的身體不下二十次！

將那巨大的史萊姆王剁成一坨又一坨的半透明碎肉後，軒轅劍又自己飛回我手上。我順勢回頭一掃，掃出一波黑色劍氣，將那三個失敗者掃下臺去。

最後，我將軒轅劍再度插回舞臺中間，回到最開始的位置上。

「佐維……看來你說能將全世界的魔法師打倒，不像是在開玩笑呢！」

我抬頭一看，這聲音就是最早喊出「住手！」的那個女生。果然，不是別人，正是那年輕的大薩滿——貝兒．伊雷格。

貝兒她站在半空中，笑著看著我說：「那麼，貝兒要出手囉！」

「@#$！（日語）」

貝兒剛說完，突然一個穿著陰陽師服裝的中年婦女跳上舞臺來，用日語對著我唸了一大串。而她的身邊，還跪著兩隻惡鬼。這種氣勢、裝備和排場，根本不用別人介紹，她肯定就是藤原綾的師父，日本傳說中大陰陽師「安倍晴明」的後代——安倍霞！

雖然她的名聲我不是第一次聽說，但這倒是第一次看到本人。

**嗯嗯……就是這傢伙害我那可愛的社長在成長期睡眠不足，變成貧乳的對吧！**

安倍霞登場的同時，又有好幾個威壓、氣勢都不輸她的高級魔法師登場。

他們有穿袈裟的得道高僧，有穿道袍、仙風道骨的老道士，有神父，有披著熊皮、頭戴鹿角的「德魯伊」，還有很多我認不出名堂來的魔法大師。

光是這麼一站出來，不用擺陣形，臺上的魔力強度就足以讓天氣變化，原本的毛毛細雨逐漸加大。不過大家都跟我一樣，雨水在接觸到身體之前就撞上無形的氣牆而彈開，所以並沒有人因此淋濕。

現場最遜炮的人，大概就是還要撐傘才能擋雨的大會長了。

不過，雖然大會長擋雨的技術最遜，但他都站出來了，表示這場決鬥最辛苦的時刻也來了。

「佐維，剛才幾場熱身的結果，我想你的實力到哪裡，我們已經很清楚了。」大會長撐著傘，淡淡的說著。他一邊說，一邊用空著的那手從西裝上衣口袋中拿出一本破舊的筆記本。

我將右手輕放在軒轅劍的劍柄上，瞪著大會長。

「所以……來吧！」大會長輕鬆簡單的說著，單手打開了筆記本，看著我露出了笑容，說：「讓我們來替這場魔法師決鬥，寫下句點吧！」

大會長語畢，場上所有的魔法師就有了行動。光是那些魔法師的腳步變化，產生的魔力力場就足以讓人心悸，我當然不敢放鬆，右手稍微用力的按住劍柄，盪出一圈又一圈的黑色劍氣，將方圓的劍圍拉大。

「顏規！」

大會長輕輕的喊著，他身邊一個同樣穿著西裝，手上則拿著竹簡的中年人衝上前。

我正在想這中年人會使用什麼樣的攻勢，他卻把竹簡打開，唸了一段：「子曰：『學而時習之，不亦說乎？有朋自遠方來，不亦樂乎？人不知而不慍，不亦君子乎？』」

這叫做「顏規」的人一開口就是《論語》，讓我整個人錯愕到不知道該怎麼辦才好，有那麼一瞬間我真的懷疑他不是魔法師，是老師來的！而且他的聲音就只是普通的語調，沒有蘊含魔力在裡面，沒有藉由聲線、聲波來進行攻擊，就只是單純的看著竹簡唸著。

等到我發現事情不對勁的時候，差點就要來不及了。

《論語》聽久了，竟然產生了催眠的效果！想不到竟然是直接針對我的精神狀態攻擊過來！

我感到睡意不斷上升，知道他手中的竹簡和他唸唸有詞的《論語》肯定就是問題的來源。於是我打起精神，收起劍圍，拔起軒轅劍對著那不斷唸書的顏規劈砍過去。

但是神奇的事情竟然又發生了！

我原本以為顏規站在我面前，沒想到竟然在我砍到人的一瞬間，他變到我身後去了！我立刻回頭來個橫掃，那顏規又跑到我身後。這詭譎的身法完全讓我摸不著邊際，加上他又一直對著我唸《論語》，一瞬間整個戰場的局勢馬上扭轉。

「瞻之在前，忽焉在後。」

大會長撐著傘，很滿意的看著這一幕，也很貼心的替我解釋：「方圓可以守下各種魔法攻擊，我猜也許直接對你的精神攻擊會有用，想不到還真讓我猜中了。顏規！繼續！」

想不到這顏規一下子在我面前，一下子變到我後面的原因，竟然也是《論語》裡面出現過的魔法口訣。這時我才想到，當初藤原綾逼著我唸《論語》的時候就有註解過，君子動口不動手，可以的話，這票儒教的魔法師完全不鑽研攻擊性魔法，但是對於防禦和閃避、還有碎碎唸的言靈法術，倒是整個中國境內最強的！

總之，就是一群嘴炮王！

我的眼皮真的快要閉起來了，我只要一睡著，這場決鬥就會輸得莫名其妙。幹！我好不容易才逼到這些大師出手，結果竟然輸在這麼莫名其妙的下三濫招式上，我不甘心啊！

同樣不甘心的人不只我，還有我的好夥伴。感應到我內心的不爽，軒轅劍的劍氣突然暴漲！源源不絕的靈氣從劍柄傳進我體內，讓我精神為之一振。

「靜慧師太，『梵音．般若波羅蜜』！」

感覺到我打起精神，大會長馬上再下一個命令。

就看場邊一個拿著佛珠的尼姑立刻跳進戰場，手指撥動佛珠，用慈愛的眼神看著我，口中默唸：「觀自在菩薩，行深般若波羅蜜多時，照見五蘊皆空，度一切苦厄……」

《心經》加上《論語》，這兩種催眠威力最強的言靈魔法同時在場中出現，要不是攻擊的對象侷限在我，搞不好全場會有一半以上的魔法師睡著啊！

在這艱困難熬的時刻，一道電光突然打了過來。雖然被常駐狀態的方圓擋下，但一股被電到的感覺也馬上傳到我手上，電得我手掌發麻。

我轉頭一看，就看到一個短頭髮的小女生用右手拇指和食指扣著一枚硬幣。她一注意到我還能看她，馬上拇指發力一彈，那枚硬幣就成了一個快如閃電的暗器。雖然還是被我的方圓擋下，但那擋不住的電流這次電到我甚至連軒轅劍都脫手了。

「……超電磁炮？」我詫異的問著。

少女搖搖頭，雙手從口袋裡各掏出三枚硬幣，說：「不，是『彈指神通』。」

話一說完，六枚夾帶電流的硬幣直朝我激射過來！

有了好幾次吃虧的經驗後，我改用靈氣馭劍，隔空用方圓擋下了暗器攻擊。而在我擋下硬幣的同時，兩道巨大的身影突然壓到我身邊，我轉頭一看，正是安倍霞所使役的雙鬼。

「碰！」

雙鬼趁著我手中無劍的時候，對著我的腹部揍了一拳。這一拳打得我痛到差點把早餐吐出來。但還沒完，馬上從另外一側又飛來一枝槲寄生，狠狠的扎在我的右大腿上，而且在一瞬間變成了一株小樹苗！

「幹！」

看到自己的大腿長出一棵樹，心裡的震撼已經遠超過身體的傷痛。而這棵樹竟然開始吸收我的靈氣，才幾秒鐘不到的時間，我就感覺右大腿整個無力，單膝跪坐下去。

一坐下，雙鬼的鐵拳又打了過來！這一下正中我帥氣的右側臉。當下我就聽到「磅」的一聲巨響！然後我整個人被打得在半空中翻了三百六十五度，狼狽的摔落在地上，整個頭暈眩到不行，甚至我的右耳還完全耳鳴。

但並不是完全沒有好事發生。建立在這樣狼狽的基礎上發生的好事，竟然是因為我的耳鳴導致我聽不到《論語》和《心經》，半催眠狀態莫名其妙的解除了！

我咬緊牙根，想要把那棵樹拔起來好抑止我靈氣的流失。可是那棵樹已經根深蒂固，我根本拔不起來！就在這個時候，飄在半空中的軒轅劍直接飛了過來，讓我握住它的劍柄。手一握住劍柄，無窮的靈氣就從劍身傳至我體內，只見那棵靈樹越長越大，最後整棵爆炸，煙消雲散，我的右腿才恢復正常。

雙鬼又再度壓制過來，我立刻將軒轅劍彈射出去！像是對付史萊姆時出現過的情況一樣，軒轅劍自主加速，瞬間便將雙鬼劈成碎末。但雙鬼似乎不像史萊姆那樣的生命體，被軒轅劍劈碎之後，馬上在安倍霞的身邊又出現了同樣的雙鬼。

劈完雙鬼的同時，硬幣又再度向我攻擊過來。我立刻站了起來，瞪著那枚硬幣，就在硬幣要擊中我的瞬間，軒轅劍及時將硬幣截住。接著我一拳揍向軒轅劍的劍刃，將它打得在半空中轉了一圈，揮出一道夾帶電流的黑色劍氣，將那使彈指神通的少女轟下臺去。

我再度握住軒轅劍，回頭看著大會長。就看他一直不斷的對那些魔法師用不同的語言下命令，而他那些準確的命令也操控著那些高級魔法師對我施以不同的攻勢。這些攻勢雖然都沒辦法直接對我造成生命上的危害，但卻剛好都打在方圓防禦不到的弱點上。

好比精神攻擊、好比電流、好比直接吸取我的靈氣讓我沒辦法戰鬥……

從我開戰第一次施展方圓以來到現在，不過才短短半小時，大會長馬上就掌握到我的某些程度的弱點，並且成功的加以反擊，這「魔法禁書目錄」的稱號，真的不簡單。

但他還沒把壓箱寶拿出來。

不過，他已經準備好了。

「貝兒。」大會長指著我，看都不看貝兒一眼，下達命令：「空氣元素！」

這一瞬間，我突然感覺到身邊的空氣都被抽走，就像突然停止呼吸一樣！但不一樣的是，不管我多用力的呼吸，空氣完全無法進入我的肺裡。這和下水憋氣不一樣，那好歹是你能反應，能先吸一大口氣憋著，而這種突然抽走空氣的招式太誇張，我根本毫無準備，就完全不能呼吸了。

短短十秒，我只能放開軒轅劍，痛苦的抓著自己的脖子，即將窒息而死……

軒轅劍感應到我的危機，立刻爆發出十幾道劍氣，全部對著貝兒轟炸過去。但貝兒果然不是省油的燈，只見她僅用左手一揮，面前馬上結出一大塊冰來，讓劍氣只能打在冰上，對她毫無損傷。

但由於她要分心防禦自己，所以我感覺到空氣回來了，立刻死命的用力吸了一大口。

「貝兒，水元素！」

這次更狠啊！就看貝兒她眉頭一皺，我的左手馬上就被她抽去了水分，變成乾枯的木乃伊手。驚人的一幕震撼到讓我連痛都沒感覺，就已經完全失去了左手。

我右手立刻緊握軒轅劍，對著貝兒劈出一道剛猛的黑色劍氣。與剛才的打法不同，這次我化繁為簡，只揮出一道威力至霸的劍氣，果然成功的敲破了貝兒面前的冰塊，無奈去勢已老，還是連貝兒的衣角都沒能劃破。

雖然木乃伊手很恐怖，但它似乎還可以活動的樣子。為避免貝兒還有更誇張的絕招沒有打出來，我決定直接拿出最強的絕招，跟這票不知道還有什麼招式沒有使出的魔法大師們分出高下。

於是我放開了軒轅劍，然後雙手用力的合掌一拍，這一拍真的差點讓我把自己的左手拍斷……但還是成功的讓我施展出真正的絕招——

「軒轅劍法．無限！」

「轟——！」

一陣巨大的爆破聲響過後，沒有人能知道戰場上真正發生了什麼事情。只能在爆破過後，看到我單膝跪地，右手握著軒轅劍撐著自己不倒下去。而整個舞臺上以我為圓心，擴散出恐怖的劍痕，將整個舞臺炸得體無完膚，全成了破磚斷瓦。

但最讓我感覺驚訝的，還是那群牛鬼蛇神。在我祭出了無限——這連我自己其實都還搞不太清楚的絕招之後，竟然還有三個人能好端端的站著。

一個是貝兒，一個是我不認識的人，還有那依舊面無表情、站在他們身後的大會長。

軒轅劍的靈氣被我完全用光，雖然我有偷偷用一點點的靈氣來讓我的左手復原，但我並不認為把那點靈氣全押下去就可以打倒面前那三個打不死的空氣人。

於是我很乾脆的站了起來，將軒轅劍插在地上，放棄防禦的等待他們隨便一個人過來把我撂倒。

大會長輕輕的推開擋在他面前的兩個魔法師，往前走了兩步，對我說：「……佐維，你這個禮拜到底做了什麼？」

我稍微和緩了呼吸，搖搖頭，說：「……你們學魔法多久了？」

大會長愣了一下，然後想了想，說：「我大概學了……二十年了。」

我看向貝兒，貝兒也點點頭說：「我的魔法是大薩滿轉世累積……大約八百年了。」

大會長大概看出我想要打破砂鍋問到底，就幫我回答了其他人的數字。魔法師裡，大會長自己的二十年應該是資歷最淺的，也只有一個佛教高僧敢說他的魔法資歷超過一千年，不過他是被我的無限打飛的其中一個，這點還比不上貝兒。

我笑了笑，又問：「大會長知道我們學魔法多久了嗎？」

我輕拍軒轅劍的劍柄，說：「我學了半年，這把劍學了四千七百多年，從黑龍被封印之後，它就一直不斷的累積、增強自己的靈氣，精進自己的軒轅劍法。也只有這樣子的一把神兵利器，只有我可以完全發揮力量的神劍，才可以打敗那條黑龍。」

我頓了頓，繼續說：「其實，這個禮拜我沒有做什麼，也沒有變強……因為這把劍，本來就很厲害了。」

大會長聽了我的話，點了點頭，回頭對貝兒還有另外一個屹立不倒的魔法師用英語講了一大串。我聽不懂，但我看到貝兒說話的時候，一絲殷紅的鮮血從她嘴角滑下；另外一個更慘，甚至是七孔流血。看來他們能站著，也已經是強弩之末，比起我沒好到哪去。

大會長又轉回來看著我，對我點點頭，一邊輕輕的拍手，一邊笑著說：「……佐維，我們認輸了。」

貝兒坐了下來，皺著眉頭跟著大會長鼓掌；同時鼓掌的，還有旁邊那個快貝兒一步躺倒在地上的魔法師。接著，以這三人為中心，鼓掌的聲音終於延伸到最外層的魔法師。

我笑了出來，然後放鬆的往地上一躺，享受這勝利的一刻。在我躺下的時候，我還偷偷的回頭往後面的觀眾席上看過去，就看到藤原綾、公孫靜、韓太妍和其他人，都搶著要衝過來跟我一起迎接這勝利的滋味……

**「其實，想要讓大家知道主人有多厲害，你不用這麼辛苦。」**

就在這個時候，一道很冷靜的聲音突然從我身邊出現。

那是一個穿著西裝的男人。他就這麼無聲無息的突然出現在我身邊，直挺挺的站著，全場十萬個魔法師沒有人發現他是從哪邊過來的。

但我認識他。

我立刻抓起軒轅劍，奮力爬起身，對著他揮砍過去。沒想到這一下竟然連他的衣角都碰不到，他輕鬆的一個小跳躍，就簡單的站在我的劍尖上，保持著討厭的微笑。

「好久不見了，你變得這麼厲害，真是令我始料未及，當初讓你活到現在，實在是有點不應該呢！」

站在我劍上的男人，有著跟韓太妍的哥哥「韓太賢」一樣的臉龐，但卻是黑龍座下，專司「情報」的大妖魔──偃！

我用力的揮劍，將偃從我劍上甩開，然後一劍劈向在半空中的他！沒想到突然又竄出另外一個嬌小的身影，在半空中用單手抓住了軒轅劍。這一抓，我感覺軒轅劍被什麼困住了，我怎麼抽也抽不回來。

更讓我訝異的是，那個抓住軒轅劍的人，竟然是個看起來才十四、十五歲左右的小女生？

「雖然你會變成現在這麼厲害讓我有點驚訝，也有點後悔當初沒殺掉你。」偶突然又出現在我身邊，若無其事的說：「不過，現在再殺你，似乎也不會太晚。」

我立刻放開軒轅劍，回頭一拳打向身邊的偶。但是那個抓住軒轅劍的小女生卻在同時出現在我身邊，然後手刀一劈，就聽到啪嘰的一聲，我的右手馬上骨折！

「嗚哇啊啊啊啊！」

這還沒完，我叫得越悽慘，小女生笑得越開心，整個變態了起來。她邊笑著，邊反手又一刀，折斷了我那如枯木一般的左手，接著對準我的雙膝用力的踩下去……前後不到幾秒鐘的時間，我這個打垮全世界魔法師的勝利者，就成了四肢全斷、只能倒在地上哀號的廢人了。

「啊哈哈哈哈～」小女生發出悅耳的嘻笑聲，很享受的聽著我的慘叫。

這個時候，身受重傷的貝兒突然出現在小女生的身邊，召來火元素用力的燒向那小女生。沒想到小女生只是笑著反手給了貝兒一巴掌，就這麼破解了貝兒的攻勢，甚至一張口就把那些火元素吃掉了。

「哼，在本公主面前玩火？看我把妳的金頭髮拔光！」

說完，小女生瞬移到貝兒的身邊，抓著她漂亮的金髮用力一扯，狠狠的拽下一大把帶著鮮血的漂亮金髮。

「啊哈哈哈哈～醜死啦～醜死啦～」小女生開心的指著痛到在地上打滾的貝兒，不斷的嘲笑貝兒。

「流……流星！」

我咬著牙關，忍痛指揮著軒轅劍射向那小女生。但是，最沒想到的情況竟然在此時出現了。

小女生回頭抓住飛向她的軒轅劍，接著雙手用力的一扭，那把號稱唯一可以打倒黑龍的神兵，為了我量身打造的神劍，就這麼被扭斷，變成兩截了！

**軒轅劍……斷了？**

我吃驚到忘記身體的痛楚，只能傻傻的看著那小女生扭斷軒轅劍。這還沒完，她雙手燃起火紅的光芒，用她的魔力將斷成兩截的軒轅劍震成碎片，然後捧著碎片，走到我的面前，把碎片全部灑在我的身上。

「我剛才聽到你說的話了……你說只能靠你和這把廢鐵才能打倒我娘。」小女生收起笑容，一腳踩在我的胸口，瞇著眼睛說：「現在我已經毀了這把廢鐵，我再殺了你，看你們還能拿什麼來打倒我娘親！」

說完，小女生腳底發力，整隻腳就貫穿了我的胸口，在上面踩了個大大的血洞出來！

**……然後，我的世界，就這麼黑暗掉了。**

《魔法師之霧都大亂鬥》完

# NO.AFTER

## 你們有坐過自由落體嗎？

一坐上去，緊張和恐懼是第一個感受到的情緒。隨著機器越升越高，不安跟著高漲，心臟的跳動也隨之加速。當機器升上到最高點，足以讓你俯瞰整個遊樂園景致的時候，你的不安將會在此時得到短暫的解放，有些樂觀過頭的人甚至還會在此時放聲高喊「好漂亮喔！」之類的臺詞。

但，就在這個時候，機器將會以迅雷不及掩耳的速度往下墜，一瞬間，就能將你從天堂打入地獄，只能發出驚慌的尖叫聲。

坐在後方看臺上，藤原綾就像是坐在自由落體上的人一樣。

雖然她一直告訴自己要相信那個白痴——畢竟這次自己不可能幫到他——也一直盡量表現得好像很放心一樣。就連藤原瞳都表現得比她還緊張陳佐維！但其實在她的內心裡，她比誰都緊張。而這份緊張，隨著陳佐維上臺之後，更是有增無減。

但在陳佐維表現出驚人的修為進展，以及外掛全開的過關斬將之後，藤原綾的擔心也一分一分的減輕。

然而，當初李永然告誡過的事情，她也沒有忘記。

「他的命格很特別，我把他叫做小皇帝命。他做什麼事情都會異常順利，一帆風順，哪怕是第一次面對，他就是可以處理得很好。可是畢竟是小皇帝，不是真皇帝。所以他會在最後的關頭，把這一切都搞砸。」

「而妳，就是陳佐維命中注定的幸運女神。」

這段話，藤原綾一直銘記在心，才會要求大會長，就算這場決鬥直接關係到自己的生死，也要讓自己可以待在後方看臺上，親眼看著陳佐維的一切。

在看臺上看著陳佐維奮鬥的身影，將每個上臺的對手一個一個的打下臺去，藤原綾知道，這所謂的最後關頭，還沒到來。

因此，在大會長率領各大魔法師界的大師，甚至連自己的師父安倍霞都上場後，藤原綾一顆心更像是懸在半空中一樣。而在看到陳佐維面臨苦戰，甚至是左手被吸乾的瞬間，她更是差點就要衝上臺去幫忙，好讓自己「幸運女神」的威力可以幫助陳佐維度過難關。

結果一瞬間，陳佐維那傢伙不知道做了什麼事情，只知道舞臺被突然出現的無窮無盡的黑色劍氣籠罩，然後戰局就逆轉了。

**陳佐維獲勝了。**

藤原綾懸著的一顆心終於放下。她真的怕到快哭出來，緊張到即將衝出去，但始終，她「幸運女神」的威力還是影響到陳佐維，幫助他獲勝。

「啊啊啊啊啊啊啊！贏了啊啊啊啊啊！」

坐在她身邊的藤原瞳比她更開心。在大會長認輸、全場鼓掌的瞬間，藤原瞳整個人興奮得跳了起來。

同樣興奮的還有慕容雪，而她更誇張，直接離開座位，朝著舞臺跑了過去。

「……社長。」

坐在藤原綾另一側的公孫靜站起身，伸手要來牽她的手。一向沒啥表情的公孫靜，此時竟然面帶難得的微笑。那笑容真美，就算同樣身為女人，藤原綾也不由得在心裡暗暗的稱讚著。

「我們去跟他說聲恭喜吧！」

公孫靜的笑容是發自內心的。與陳佐維修煉至今，陳佐維的實力如何，她絕對是最清楚的。比起藤原綾，要不是因為她知道出手反而會害到陳佐維落敗，搞不好就是拚著要把她打死，她也要跟著陳佐維上場。

公孫靜擔心的程度，不亞於藤原綾。因此，在看到陳佐維大顯神威、大獲全勝的時候，公孫靜開心到只差眼淚沒掉下來而已。

藤原綾別過臉去，嘟著嘴說：「誰、誰要跟他說恭喜啊！早就說了他沒打贏不准來見我，現在打贏了只是應該的啦！哼！」

「少來了啦～小綾妳明明比誰都緊張的～要去就快去啦！」韓太妍從藤原綾身後將她抱住，笑咪咪的說著。

上過舞臺，自動認輸的韓太妍雖然來到觀眾席觀戰，但因為這附近的位置已經坐滿，所以她只能坐到更上排去。在陳佐維得勝的這一刻，她也一樣開心，但她第一個想到的，還是藤原綾這個從小到大的宿敵。

「死韓太妍不要亂說啦！誰、誰要去啦！哼！」

「那我就去把佐維哥搶走，妳們兩個在這邊慢慢抬槓吧～」韓太妍笑著放開藤原綾，然後跟著人群往舞臺的方向前進。

公孫靜知道韓太妍一定會死纏著自己老公不放，所以一看到韓太妍行動，她也趕緊跟了過去。藤原綾遲疑了一下，轉頭一看，所有可能喜歡陳佐維的那些情敵們，甚至是自己的妹妹，幾乎每個人都跑過去了。

這讓她沒來由的不爽了起來。

「死陳佐維，你最好不要給本小姐等太久，馬上過來本小姐身邊！哼！」

藤原綾臭著臉，雙手交叉在胸前，彆扭的看著舞臺上那個精疲力盡、躺在地上露出放鬆笑容的男人。

也因此，她對接下來發生的事情感到深深的後悔。

她看到一個憑空出現在陳佐維身邊的男人，也看到一個突然出現的小女生，更是親眼看到那小女生是怎樣在舞臺上虐殺陳佐維這個剛剛才打敗全世界魔法師的超人。

異變突生，藤原綾只能張大嘴巴，呆呆的看著臺上發生的一切，就跟自由落體突然下墜的時候一樣，快得來不及反應，快得只能本能的發出尖叫的聲音。

「不要啊——！」

被扯掉一束帶著頭皮的金髮的貝兒滿臉是血，一看到陳佐維被虐殺的瞬間，還是緊咬銀牙，忍痛爬起來召喚水元素轟向那詭異的不速之客。沒想到那小女生竟然再度張開嘴巴，又把她召來的水元素全部吞進肚裡去。

小女生抹抹嘴巴，笑著對貝兒說：「嘻嘻，醜八怪，人家口渴呢，妳還給本公主送水來，那就晚點再殺妳唄～」

語畢，小女生就突然消失，但又突然出現在半空中。這個時候，一個穿著道袍的老道士跟著出現在小女生的身邊，手持拂塵，指著她說：「孽徒！妳瘋了是不啊啊啊啊！」

話才說到一半，老道士持著拂塵的右手瞬間被剝了一層皮，露出鮮紅色的肌肉。暴露在空氣中的痛覺神經讓老道士的幾十年修為完全無用，像小孩子似的尖叫了起來。

「誰是你孽徒啊？」小女生的右手滿是鮮血，表情明顯不悅的說：「如果你說的是這副皮囊，那我要跟你說，這只剩下皮了啦！」

說完，小女生突然加重了音量，蘊含凶殘魔力的對著滿場的魔法師宣布——

「聽好啦～猴子！本公主是黑龍座下『恐懼』大妖・虐！你們不是很想知道我娘的恐怖嗎？本公主看今天人這麼多，就大發慈悲，乾脆讓你們感受一下那種『恐懼』吧～」

說完，虐對著身邊的老道士俏皮的說：「想知道人家是怎麼把你那孽徒的皮剝下來的嗎？」

老道士還沒反應過來，突然一種從頭頂被人撕開的痛楚傳來。眨眼之間，虐的手上硬生生多了一張破碎的人皮！至於老道士的下場……可想而知。

「哎呀哎呀～當初是先把你那孽徒的衣服脫光了才剝，這次忘記先脫你衣服，剝下來不乾淨，很痛吧？」虐將手上的人皮隨手一拋，看似關心的撫摸老道士那布滿血管、肌肉，可就是沒有皮膚的臉頰，說：「反正你說她孽徒，本公主只是幫你清理門戶，你也可以安息了吧？乖～親一個喔～」

說完，虐張大嘴巴，將方才吞下的火和水兩大元素，一口氣吐在老道士垂死的身上，將他半邊身體燒成焦炭、另半邊身體結成冰棍後，才像扔件垃圾一樣的把老道士扔開。

「好啦～猴子們！借我三十秒，我玩一下。」

語聲未落，虐已經突然出現在十萬魔法師之中，雙瞳變作黃色有如蜥蜴一般的直線瞳孔，伸出帶有分叉的長舌，笑著說：「你們不妨猜一下，三十秒之後，這裡還會有多少活人？」

說完，虐雙手一揮，以她為中心颳起了旋風。那風速之快，猶如一把又一把鋒利的快刀，將四周圍的人捲入其中。這情況就好像把活人丟進大型的果汁機一樣，一瞬間旋風就被鮮血染紅，殘肢、斷臂、人頭齊飛。

但虐已經不在旋風中心了，她一邊開心的笑著，一邊伸出雙手的利爪，用無與倫比的速度在人群中來回衝刺著。

比起那種用旋風一次絞碎十幾個、上百個人類，這種親手斬去人類四肢虐殺的手段，雖然效率不好，但虐更喜歡這種快感。

僱站在舞臺上冷眼看著虐的殘酷凶行。他並不像虐那樣有這種變態的喜好，不過本來就不是人類的他，也沒啥惻隱之心，他只是當作看電影一樣的看著。就在這個時候，一道他應該可以閃避卻閃不開的粉色光箭，卻突然打在他身上，即使不痛不傷，但還是打斷了他的興致。

他回頭，就看到韓太妍拿著摺扇，眼眶含淚的瞪著自己。

難怪閃不掉，畢竟是這副身軀的親妹妹。

「……把他們的命給我還來！」

韓太妍對僱的憤怒不需要文字多琢磨。這一生中，她最親密的兩個男人先後死在這個妖怪的手中，憤怒讓她完全沒有考慮自己和這妖怪之間的實力差距。在喊完那句話之後，韓太妍再度打出粉色魔力光箭，直取僱而去。

其實僱本身並沒有想要打架的意願，但根據情報，今天是世界上所有的魔法師聚集在這裡的日子，也是向世人展示黑龍主人威力的大好時機，因此他不介意露個兩手，反正也是對方先過來找碴的。

僵輕鬆用手指一彈，就將韓太妍的粉色光箭彈碎，同時瞬間移動到韓太妍的身邊，對著她那朝自己揮舞的右手踢了過去。

「啪！」

沒想到只踢斷了摺扇，這個身體還真是不聽話啊！

就算只毀掉摺扇，韓太妍還是感到自己與僵之間實力的差距，本能的往旁邊一退。這不能怪她膽小，這是因為她臨場經驗豐富，確認差距的情況下本能的想要保護自己。但是大仇人就在面前，所以才剛退開，韓太妍馬上就用空著的雙手擺開架式要再次應戰。

結果，韓太妍只看到自己雙手的纖纖玉指，在面前被一個披著自己親哥哥人皮的妖怪，在一瞬間全部扭斷的畫面。

在韓太妍發出尖叫聲退到一邊去的同時，僵只是淡淡的說：「其實我本來想要把整隻手扯下來，妳該感謝妳哥在天之靈。」

就在這個時候，一道黃金劍氣轟炸過來，這道黃金劍氣比起過去任何一道的黃金劍氣，更強橫了不止一階。與此同時，一股黑白色的太極氣團也從另外一個方向出現。兩個曾經共同並肩作戰的美少女組合，在經過了一段時間的分離後，再度並肩作戰！

但看在傴的眼裡，依然不值一提。

絕招被擋下，公孫靜冷靜的迂迴在傴的身邊，試圖找出這個大妖怪身上的一絲破綻；慕容雪也收起平常嬉皮笑臉的態度，嚴肅認真的想從大妖怪身上尋找半點弱點。但不管她們從什麼角度、方向來看，都只能更清楚的了解她們和傴之間的力量差距有多大。

這就更不用說，突然出現在臺上的虐了。

「對付兩個醜八怪也要花這麼多時間？」虐有些不滿的說著。

「呵呵，我只是喜歡看人們絕望的樣子。」傴面帶笑容的說著。

這讓虐也笑了。

「我也是。」

就在這個時候，天空中出現了一個巨大的魔法陣。這正是當初毀去藤原城堡的十字教大魔法陣——神聖十字衝擊！

虐和傴感覺到如此強大的魔力在天空出現，也停下動作，抬頭看去。他們不自覺的笑了出來，主動迎接大魔法陣的攻擊，並且輕鬆的以兩人之力，擋下了這西方魔法界的大型魔法。

接著，重整旗鼓的大魔法師們，一個又一個的上臺攻擊這兩個大妖怪。

而這一切，都好像跟舞臺另外一邊沒關係似的。

在舞臺的另外一邊，藤原綾摟著陳佐維還有一點溫度的屍體。

「大笨蛋……醒來啊……」

藤原綾的身上被陳佐維的血染成一大片淒美的紅。她哭著抓著陳佐維毫無力氣的手，撫在自己的臉上，說：「醒來啊……你說過要一起回家的啊……你怎麼可以在這個地方把人家丟下啊……」

以往只要陳佐維受傷，藤原綾就會慌亂的拿著一大堆魔藥往他身上亂抹，但她手邊一沒有靈符，二沒有魔藥，她根本沒有可以救治陳佐維的辦法。更何況，已經死掉的人，是救不回來的。

「你不准死啊……快點說話啊……嗚……我不會再打你了啊……你快點醒醒嘛……」

隨著陳佐維身體的溫度逐漸消失，藤原綾哭斷了心腸，才不得不正視自己的心上人已經死去的事實。

然而，正是因為她太傷心了，她反而沒有注意到，陳佐維的手指微微的動了一下。

**你們有坐過自由落體嗎？**

**有坐過的人應該都知道，到了最後，你還是會安穩的回到地面上。**

《現代魔法師06》全文完

敬請期待更精采的《現代魔法師07魔法師與龍的千年輪迴》

不思議特報
《現代魔法師》
套書好禮相送
姐夫，我會陪著你面對一切，
姐姐她們做得到的事情，我也可以……
就算要與全世界為敵，我也會跟著你走到最後！
吐槽系作者 佐維＋知名插畫家 Riv
正港A臺灣民間魔法師故事
《現代魔法師》驚爆登場！
活動辦法
凡在安利美特animate購買
《現代魔法師》全套八集，
在2014年6月10日前（以郵戳為憑）
寄回【全套八集】的書後回函，
以及附上安利美特購書發票影本、
或是於回函上加蓋安利美特店章，
就能獲得知名插畫家Riv繪製的
「現代魔法師超萌毛巾」一條，
準備與泳裝萌妹子一起清涼一夏吧！
備註：
1.可以等收集完八集的回函與發票或店章後，
再於2014年6月10日前寄回。
2.主辦單位有權更改活動規則。
典藏閣
采舍國際
www.silkbook.com
華文聯合出版平台
www.book4u.com.tw
不思議工作室
立即搜尋
版權所有© Copyright 2014

此曲只應地獄有——
勾魂筆記本
一個想找回自己失落一年記憶的拖稿作家，
一個擁有刑警魂、撒鹽不手軟的助理編輯，
一個出版業界都推之為大神的超級編輯……
三大男人聯手，是否能破解勾魂冊的預知死亡之謎？
典藏閣
華文聯合出版平台
www.book4u.com.tw
采舍國際
www.silkbook.com
不思議工作室_
立即搜尋
版權所有© Copyright 2

飛小說系列092

# 現代魔法師06

## 魔法師之霧都大亂鬥

出版者■典藏閣
作　者■佐維　繪　者■Riv
總編輯■歐綾纖
製作團隊■不思議工作室
郵撥帳號■50017206 采舍國際有限公司（郵撥購買，請另付一成郵資）
台灣出版中心■新北市中和區中山路2段366巷10號10樓
電　話■(02)2248-7896　傳　真■(02)2248-7758
物流中心■新北市中和區中山路2段366巷10號3樓
電　話■(02)8245-8786　傳　真■(02)8245-8718
ISBN■978-986-271-471-3
出版日期■2014年3月
全球華文國際市場總代理／采舍國際
地　址■新北市中和區中山路2段366巷10號3樓
電　話■(02)8245-8786　傳　真■(02)8245-8718
新絲路網路書店
地　址■新北市中和區中山路2段366巷10號10樓
網　址■www.silkbook.com
電　話■(02)8245-9896
傳　真■(02)8245-8819

**典藏閣不思議工作室2013安利美特animate限定版**

只要符合以下條件，就有機會獲得【現代魔法師超萌毛巾】1 條——
準備與泳裝萌妹子一起清涼一夏吧！

1. 即日起至2014年6月10日止，在**安利美特**購買**《現代魔法師》全套八集**。
2. 在書後回函信封處蓋上安利美特店章，或是影印安利美特購書發票。
3. 將全套 8 集的書後回函（加蓋店章）寄回；若採影印發票者，請一併寄回發票影本。
   PS. 可以等購買完「全 8 集」後，再於2014年6月10日前，全部一次寄出。

**☞您在什麼地方購買本書？☜**

☐便利商店__________ ☐安利美特 ☐其他網路書店__________

☐書店__________市／縣__________書店

姓名：__________地址：__________

聯絡電話：__________電子郵箱：__________

您的性別：☐男 ☐女 您的生日：__________年__________月__________日

（請務必填妥基本資料，以利贈品寄送）

您的職業：☐上班族 ☐學生 ☐服務業 ☐軍警公教 ☐資訊業 ☐娛樂相關產業
☐自由業 ☐其他__________

您的學歷：☐高中（含高中以下） ☐專科、大學 ☐研究所以上

**☞購買前☜**

您從何處得知本書：☐逛書店 ☐網路廣告（網站：__________） ☐親友介紹
（可複選） ☐出版書訊 ☐銷售人員推薦 ☐其他

本書吸引您的原因：☐書名很好 ☐封面精美 ☐書腰文字 ☐封底文字 ☐欣賞作家
（可複選） ☐喜歡畫家 ☐價格合理 ☐題材有趣 ☐廣告印象深刻
☐其他__________

**☞購買後☜**

您滿意的部份：☐書名 ☐封面 ☐故事內容 ☐版面編排 ☐價格 ☐贈品
（可複選） ☐其他

不滿意的部份：☐書名 ☐封面 ☐故事內容 ☐版面編排 ☐價格 ☐贈品
（可複選） ☐其他

您對本書以及典藏閣的建議__________

__________

__________

✌未來您是否願意收到相關書訊？☐是 ☐否

**感謝您寶貴的意見**

**印刷品**

請貼
3.5元
郵票

235 新北市中和區中山路二段366巷10號10樓

**華文網出版集團　收**

（典藏閣－不思議工作室）

魔法師之霧都大亂鬥

# 現代魔法師 06